竹林清歌

游光中 著

四川文艺出版社

图书在版编目（CIP）数据

竹林清歌 / 游光中著. -- 成都 : 四川文艺出版社,
2025. 7. -- ISBN 978-7-5411-7288-5

Ⅰ. I227

中国国家版本馆CIP数据核字第2025WR8572号

ZHULIN QINGGE

竹林清歌

游光中　著

出 品 人　　冯　静
责任编辑　　苟婉莹
封面设计　　魏晓舸
内文设计　　最近文化
责任校对　　蓝　海
责任印制　　桑　蓉

出版发行　　四川文艺出版社（成都市锦江区三色路238号）
网　　址　　www.scwys.com
电　　话　　028-86361802（发行部）　　028-86361781（编辑部）

排　　版　　四川最近文化传播有限公司
印　　刷　　四川机投印务有限公司
成品尺寸　　145mm×210mm　　　开　　本　32开
印　　张　　10.5　　　　　　　　字　　数　210千
版　　次　　2025年7月第一版　　　印　　次　2025年7月第一次印刷
书　　号　　ISBN 978-7-5411-7288-5
定　　价　　48.00元

雅正之思

杨文镒

这是一部诗意人生的集成，洋洋四百余首篇什。
这是一段披星戴月的传奇，漫漫七十余度春秋。

著作者游光中。问deepseek，曰："游光中作为一位专注于古典文学研究的学者，诗集最动人的地方在于它展现了诗歌创作的本质——对存在的叩问与回应，对生命经验的凝结与升华。在他的诗行间，我们能感受到一个诗人对世界的敬畏与热爱，对生命的思考与感悟。这种创作态度，使他的诗歌具有了穿越时空的力量……"

深度求索，思考推理，这是AI大数据对诗人的致敬。

但在浩瀚冷冰的硅基世界，数码表达显然难以替代人类文学情感的百味体察。尤其是面对中华文化之诗词这块瑰宝。

而我，想借却一缕缪斯的炬光，去探寻游光中诗集中的光影，尝试从生命的原乡出发，同诗人作一次诗与心灵的远行。

正是早春二月，孤灯夜读，春夜如蜜——
写恢复高考，初入川大七七级：
"一纸通知在手，草木也风流。故国待收拾，愿赋新猷。"
壮志报国不可一世。

元宵写俄乌冲突：
"春风拂过江城柳，似闻婴啼妇孺唤。休飞弹雨，要看礼花，夜空开遍。"
环球世界恨不同此凉热。

写刀郎火爆巡演：
"灯灿。热情燃遍，光照舞台，人潮浪卷。战友楼兰，暖我心中莺燕。花妖镜听，唱尽人世情缘，灵魂沉醉凌霄汉。心与徵商流，梦随歌飞远。"
诗人踏歌也寥哉。

写当年知青下乡小品：

"江村日丽小姑娇，手挽犁牛过野桥。山喜雪融明浅翠，花缘水暖著桃夭。"

似有"在回城之前的那个晚上，你和我来到小河旁"的《小芳》之嫌。

听街头行讨艺人：

"谁赋琴音翻别怨，一弦呜咽一弦叹。东家失怙西还贷，听断离人珠泪残。"

可怜悲悯满人间。

写祖国天涯南海：

"人言此石即天涯，南眺汪洋到处家。美济太平皆国土，赤瓜永暑富鱼虾。大东海接黄岩水，礼乐滩连曾母沙。军舰威仪巡岛屿，珊瑚礁上战旗斜。"

心系边关，铁马冰河入梦。

……

在文学的浩瀚星空中，世间诗歌犹如一颗颗璀璨的星辰，以其精蕴温润人文品格，慰藉人生岁月漫长。

不必掩饰，《竹林清歌》正是力求成为这满天星辰中的一颗。恪守古诗词的东方含蓄之美，以精严格律与抑扬顿挫张扬现实主义创作，毫无顾忌地走向诗赋殿堂之门——这，或许是诗人未及写上的封面语。

　　"诗，穷而后工。"①若论游诗之工，盖源于人生阅历的坎坷丰饶。七十余载间，家传书香，下过农村，教过村小，又考中川大中文系七七级，直至以教授之尊，莅临学问讲坛，学富中西，桃李芳菲满门。如此多彩人生，广博见识，敦厚积淀，又有川大语言文学名师及个人执着专业觉悟加持，不想成就于斯都难。

　　即使在知青下乡务农的艰辛境地，也"旧书翻检过三遍，蛙鼓还敲独夜灯"②，"耕耘寒暑酬香梦，心绪无端期有功"③。诗词四百余首，既是游光中人生羁旅的广阔描摹，更是心路的历历写照。

　　更值得欣慰的是，诗人诗学论说更为彰显。游光中有《中外诗学大辞典》、《诗学大典》（合著）、《历代诗词名句鉴赏》、《经典散文名句》、《中国古代哲理诗译注（上、下）》、《李

---

① ［北宋］欧阳修《梅圣俞诗集序》。
② 游光中《收工晚归》。
③ 游光中《砥学》。

白》等十一部诗学理论和中小学教辅著作，诗词创作与诗学研究并举，中西诗学融汇同台比较，让他诗赋生命立于璀璨的所在。俗称大神，当不为过。

正是站在诗赋认知的高纬度，游光中诗歌不仅有诗意的水乡，更有哲理的高原。他夙兴夜寐地探寻着终极的意义与价值——对人生无常的感慨，对命运多舛的思考，对风雨寒暑的感怀，对理想追求的向往，对情操高洁的坚守。譬如："咱家祖训重名节，两袖清风翰墨强。公务焉能趋物利，品行未可折膏粱。"①"惯看人间悲喜剧，不分贵贱众生同。"②这样的文字，几可穿越时空，留给未来警世的心绪。

更有："闲看利名争斗。有秦城，由他消受。须离奢竞，与盟鸥鹭，清清两袖。花落雁归，春秋千祀，楚魂难朽。"③为官为人，安身立命，哲思绵长。

难怪连写玉兰花，诗句竟也如此冷艳："性本孤芳怜傲骨，心求高洁厌卑恭。东君休怪百花后，

---

① 游光中《谕儿女》。
② 游光中《黄山迎客松》。
③ 游光中《水龙吟·遣怀》。

邀宠争芬不与从。"①

出淤泥而不染，濯清涟而不妖。周敦颐《爱莲说》一脉。"在我心里，诗，可以超越平庸，诗，也可以比生命更远大。"游光中在他的《我的诗词创作观》中如是说。"当思想翱翔于天地万物之间，见识和体味到这个花花世界一切美好和丑陋的东西时，当喜怒哀乐的情感波动，与自然万物的荣枯盛衰相触碰，迸发出电光石火般的灵感时，唯一应做的，就是'振笔直遂，以追其所见'②。"对世界的深情凝视，电光石火灵性追赶，发而为诗，游光中一生或许就是一枚"追其所见"的不堪的斗士。

板桥论杜诗有云："作诗非难，命题为难，题高则诗高，题矮则诗矮，不可不慎也。"③而游诗选题，正力遵古训："写诗，首先是写自己经历之事，感动之事，以生活为基，眼处心生，即景会心，去散发生命的体悟。不阿谀，不虚美。妍媸美丑，都以自己个性的情感色彩去涂抹。"④

---

① 游光中《玉兰花（二首）》。
② ［北宋］苏轼《文与可画筼筜谷偃竹记》。
③ ［清］郑板桥《范县署中寄舍弟墨第五书》。
④ 游光中《我的诗词创作观》。

这是游诗个性秉持所然。"隆冬翰墨怜疏影，一缕香魂气韵丰。"①万般苦思后的游诗集值得细品。他虽自谦为"笔墨闲耕欣有得，歌诗偶赋愧难工"②，而游诗有经有典，亦诗亦论，和阳春之曲，随市井歌吟，个性的艺术呈现和深邃的情理内涵，多情地传递着人生要义与诗意，展阔人文存在的价值和灵魂眺望的前方。雅正之思，期许诗坛当今，留香后来。

借此，也乘兴为新书问世赋诗一首：

不倦春秋学与问，
潜心经典诗词深。
后学从此多览鉴，
斯人殷情共青灯。

《竹林清歌》付梓，写下一段文字补白。
谨为序。

2025年3月

---

① 游光中《梅韵》。
② 游光中《七秩自寿》。

目　录

五言绝句

五言律诗

七言绝句

七言律诗

长短句

五言绝句

荷池小景

芙蕖映柳塘，风暖读书香。
荷径花开满，坐悠人影长。

晚归遇雨

风劲天飞雨，云深电闪频。
寒光湿街夜，举伞独行人。

笔　耕

林昏花影暗，风过月移坪。
夜静人鼾起，犹闻弄笔声。

小学女生

沉心听课堂，双髻小姑娘。
同桌分边界，花开恨晚香。

秋　播

红阳临曙天，野旷树含烟。
渺渺孤鸿影，绵绵垄上田。

归　程

心急车驰疾，路遥衣满尘。
出门儿女念，归宅老婆亲。

田畴伫望

流云遮雁影，红日照前村。
耕垄家山远，何时报母恩。

丰收稻

稻黄金满地，镰举烈阳明。
粒饱垂垂落，仓殷磊磊情。

下　班

忙忙奔市场，急急下厨房。
妻子推门入，羹汤扑面香。

荷塘月

虹雨涤陂塘，荷风绕屋梁。
耽书人不寐，清夜月临床。

荷　露

团成珠玉颗，璀璨映裙罗。
欲贵王妃体，日高情若何。

逐　梦

槛外月如霜，床前奋笔郎。
孤灯明永夜，逐梦在星光。

蔬 香

溪流浇菜梁，日日复行行。
伛偻花衫影，琳琅蔬豆香。

秉 性

为人情义重，饭局酒牌轻。
乘兴哦诗赋，休闲听雨声。

问 贪

高言随处讲，开口尽从公。
台下私相与，如何两袖风！

闻　香

西园锄芍药，东圃植芝兰。
三径花开发，闻香已忘餐。

农姑情

年少辞城镇，农姑教我耕。
黉门求学后，时忆故人情。

五言律诗

东湖晨读

东湖晨读早，清籁袅相俦。
金蕊依栏艳，霜禽倩水浮。
鱼嘻莲影动，鸟啭白云悠。
彳亍人归去，空余一树秋。

骤雨袭城

飙风从地起，骤雨蔽天来。
树折沉塘坳，花飞飘步台。
车行泥水让，电闪黑云开。
世事多仓促，深忧道路摧。

遣　梦

相思梦遥夜，倩影入帏来。
倚枕花容艳，临窗莲步开。
吟笺共携手，别路各怀哀。
珍重重珍重，盈眶泪已催。

山　农

地瘠人勤早，披星上岭梁。
迎风锄玉米，冒雨护瓜秧。
散养鸡鹅鸭，闲编篮篓筐。
朝暾连夕月，聊抵半年粮。

晚　晴（二首）

一

岁老春流去，华颠不用哀。
亲朋多古道，儿女仰英才。
体健无新恙，天凉有旧醅。
人生长一乐，轻履入山回。

二

天生筋骨壮，岁暮少烦忧。
晨听京腔戏，宵观意甲球。
荧屏聊股市，茶苑侃风流。
偶触诗情发，吟怀与友酬。

成都蓝

雾散九霄净，阳光天地开。
云飞西岭雪，波灿北湖梅。
田野禾苗绿，高楼明月来。
山川洵亮丽，慎勿掩尘埃。

家　兴

开门迎旭日，心绪每翻新。
壁上龙蛇动，床前锦帙珍。
童孙习朝暮，书卷茹寒辛。
乐事年年有，家兴满室春。

人日立春

人日霾消尽，晴蓝喜见天。
律回生意动，节替物华鲜。
麦秀隐沟陇，花红灿锦川。
民勤农事早，处处听耘田。

寄意中人

蒹葭①情意切，暗慕结心缘。
时妒鹊桥会，常嗟桂月圆。
天凉增褥被？身恙盼康年。
世事多违拗，难修共枕眠。

---

① 蒹葭：诗中意象，表现对爱情的渴望，以及爱而不得的情思。见《诗经·秦风·蒹葭》："蒹葭苍苍，白露为霜。所谓伊人，在水一方。"

膝 孙

膝孙初懂事，学业已能营。
假日习功课，灵心通巧明。
童言喜科技，奥赛获佳名。
唯愿鲲鹏翅，风云万里程。

校园一景

林荫石凳旁，一对俏姑娘。
风过鬓云乱，书翻翰墨香。
凝神无俗念，含笔构文章。
心骛八荒外，相忘餐食堂。

中　秋（二首）

一

秋夕天晴好，清辉落万家。
豪门宴珍胙，蓬户饭羹瓜。
月晔无偏厚，人财有巨差。
穷通共三五，何可去贫奢。

二

凭栏三五夜，天地满清光。
缅邈离人远，伶俜只影长。
倾杯思窈窕，邀月共丝簧。
衾枕知谁暖，婵娟入梦乡。

贺　岁

爆竹凌空响，烟花竟夜辉。
门庭拜年早，亲友贺词飞。
谈笑宫灯亮，徘徊儿女归。
新春团美宴，樽酒豕鱼肥。

春天的歌

杂花繁草树，莺呖嗻明晴。
社鼓听乡里，弦歌响井坪。
阳和生气动，地润木芽荣。
轻履过溪柳，平畴望晓耕。

游白鹭湾^①（二首）

一

言笑向西山，忘忧天地间。
鸟飞惊岸影，鱼跃动桥湾。
延客舟摇橹，迎春花解颜。
随风追蝶去，嬉哈一身闲。

二

倏忽游鱼逝，翩翩鸥鹭闲。
桥通云绕处，路引阁连山。
绿竹飞歌笑，红花灿柳湾。
晚钟斜照里，留恋不思还。

---

① 白鹭湾：位于成都市东南部环城生态区，面积三千余亩。

桑榆情（二首）

一

青松梅竹里，香茗一杯闲。
棋画能充馁，诗书可养颜。
弹弦流水韵，漫步野花山。
沿路观垂钓，鸣鸥翔荻湾。

二

心静少尘虑，贪眠非酒醒。
晨苏闻鸟语，夜读听蛩鸣。
兴到哦骚雅，诗成咏物情。
时呼微信友，颠倒问安平。

家 风（二首）

一

七代文昌巷①，诗书兴未来。
家风珍智识，游氏出英才。
流落穷乡久，升腾云翅开。
舛途持秉性，令德不能摧。

---

① 文昌巷：位于四川省广汉市，系游氏数代繁衍生息之地。我
辈兄弟姊妹四人皆长于斯。

二

藻脉有渊薮，先宗①各擅文。
诗骚彰峻节，穷达渺官勋。
我辈传薪火②，清词扬祖芬。
弟兄皆抱锦，佳构③日纷纭。

---

① 先宗：高祖父游德馨，清咸丰丁巳年应试入举，曾任蜀中教谕、
泸州直隶州儒学正堂。曾祖父游子英，学至监生，清代云南开化府
安平厅同知、武定州金沙江巡检、文山县知县，川军三混成旅顾
问。祖父游基磐，获四川高等学堂最优等生毕业证书，曾任三台县
知事、璧山县县长。父亲游直辅，1942年毕业于国立四川大学经济
系。1949年任绵阳税务局主任，掌金库钥匙。临解放，众人星散，
唯父亲坚守岗位，直到解放军接管金库。物账两清，分毫不差。著
有诗集。母亲吴孝德，1945年毕业于国立四川大学农经系。
② 薪火：文昌巷老宅有一书房，书箧满屋，藏书丰赡。1966年
破四旧，藏书尽数焚毁。其中唐伯虎、文徵明、谢无量等名家字
画亦付之一炬。
③ 佳构：弟游运著有《花的变奏》《银杏的风采》《诗词别韵》
《中华哲理诗词三百首译解》等八部诗词集。

校园觅诗

春日觅诗句，阳光一路花。
海棠红似火，桃李艳如霞。
学子娇颜美，儿童笑语哗。
东风生意满，新韵又萌芽。

载月行舟

月涌一江水，粼波万里程。
山村闻社鼓，渔火映瑶筝。
宿鹭娉婷影，云笺潋滟情。
婵娟知我意，缱绻晔分明。

锦江廊桥

濯锦江中月，清辉沐万家。
廊桥落波彩，虹霓斗光华。
酒醉觥筹乱，歌吟舞袖斜。
人喧归寂寞，道路犬惊鸦。

梦星空

蓝色星空里，明眸双眼睛。
颤颤睎大地，落落降山坪。
褐发鬓云秀，春衫面目清。
声言爱尘世，萍水见真诚。

季布^①诺

季布重然诺^②，终身受世钦。
为人当信实，说话务真忱。
羞见光鲜语，翻成巧舌音。
由来思亘古，一允值千金。

毕业志

告别校园时，壮怀如逸骑。
为官争直道，问学竞新奇。
冠冕几多累，文章安可期。
回看向来路，甘苦倩谁知。

接孙去（二首）

一

依时接孙去，不敢有差池。
同路阿婆急，摩肩老伯随。
坦言担责重，难讳爱娃痴。
满面春风色，踟蹰怕误期。

二

林道人攒动，众望门栅开。
爹妈鲜到位，爷奶挤成堆。
红颊排班出，白头沿路陪。
小孙牵手上，笑脸似春梅。

观孙练羽毛球

挥拍凌空舞，身轻燕掠林。
平推腰猛挺，侧击臂微沉。
近坠奔前救，高冲退后寻。
防攻皆有节，应手步随心。

知青命

穷乡失意多，小命若之何。
情爱成流宦，诗书如贱娥。
前方荆棘路，回首黍离歌。
心念难停息，惶惶度劫波。

登薛涛吟诗楼①

临水一高楼，梅兰松柏俦。

凭栏思雅韵，纵目眺鸣鸥。

遥想风花貌，长哦竹苑秋。

斯人留胜迹，才艺慕王侯②。

---

① 吟诗楼：原址在成都市城西碧鸡坊，是薛涛晚年为吟诗而修
建的一座楼。早已不存。清代，薛涛井成为女诗人纪念地，于是
在此（地点在今望江楼公园）建楼，以资凭吊。
② 慕王侯：让王侯将相倾慕。唐时，剑南西川节度使韦皋、刘
辟、高崇文、武元衡等，都倾慕薛涛的才华；与薛涛交往甚密的
诗人有王建、元稹、白居易、刘禹锡、杜牧等。

杜甫草堂①

城西浣花畔，茅屋毁重修。
石径通林廨，柴门结广楼。
才妍锦江岸，诗著蜀都②秋。
三载帆东去，余音万古流。

蜻　蜓

来往悄无声，飘飘倏忽停。
篱门留魅影，池苑掠精灵。
点水依芳翠，飞天冲紫冥。
逍遥东逝去，无迹亦无形。

---

① 杜甫草堂：指成都杜甫草堂。位于成都市青羊区浣花溪畔。
② 诗著蜀都：杜甫先后居草堂近四年，创作诗歌二百四十余首。

忆校园

校园长忆处，荷径渌池边。
晨读莺啼柳，宵吟月动莲。
孜孜连锦帙，矻矻共寒天。
怀抱青云志，难辞问学缘。

自驾游

车驶西山道，崖倾直若刀。
青萝挂奇树，赤鸟没田蒿。
村寨横斜去，游情烂漫高。
涧桥鸣笛过，心在碧云涛。

读史有感

桀祸①九州惊，黎元宿命轻。
长年病天下，数载虐苍生。
政窳臣民泣，田荒仓廪清。
龙旗飘郭野，山泽遍坟茔。

鉴　容

菱镜尘封久，今朝一鉴容。
苍颜增皱浅，鬓发簇霜浓。
骨立精神在，声喧气韵丰。
童心殊未泯，乐与少年从。

---

① 桀祸：桀本姓姒，名履癸，又名癸。夏朝末代君主。谥号
桀，史称夏桀。性暴虐，好声色。近小人，远君子，杀害忠良。
大兴土木，建宫室，修瑶台。民不堪其苦，指天咒曰："时日曷
丧，予及汝偕亡！"

船过神女峰

夔门望碧穹，浪逐峡江东。
神女披晴彩，青峰入霭空。
帆留巴客影，身倚楚王风。
不忍茕茕立，回看烟雨中。

读陶渊明《归田园赋》

挂冠归梓里，啸傲见南山。
官路三年累，低眉五斗艰。
躬耕足蔬菽，觞酒醉红颜。
怀爱悯农稼，桃源歌赋还。

归钓满天星

归钓江洲晚，风飘白鹭惊。
月从山霭起，人向霓虹明。
银汉无声落，珍珠满斛倾。
流波金灿烂，星曜动蓉城。

竹苑晨

竹苑莺啼早，笠翁垂钓台。
风轻云不动，燕舞影飞来。
枫柳迎轩绿，樱花傍路开。
芸窗图画里，光景日新裁。

神女峰（六首）

一

昔闻神女赋①，今览望霞峰②。
头绾青螺髻，身披锦绣松。
娉婷立云影，缱绻展华容。
千载情深处，还来寻梦踪。

二

天降瑶姬女，襄扶大禹③从。
斩蛟④除孽患，驱豹护樵农。
梦逐云霞岭，情留春夏松。
甘心巫峡上，伫立化为峰。

---

① 《神女赋》：为战国楚辞赋家宋玉所作，是其《高唐赋》的续篇。
② 望霞峰：神女峰又名"望霞峰"。
③ 襄扶大禹：传说天帝之女瑶姬从东海云游归来，路经长江，见大禹治水受困，便令诸神协助解除水患。
④ 斩蛟：诸神受命，斩杀作祟的蛟龙，疏通河道，百姓得以安居乐业。

三

波摇江谷影，缥缈向空濛。
春领一身翠，秋丹两岸枫。
霞飞疑举袂，花灿似披红。
碧水流难尽，相依伴始终。

四

朝闻千岭鸟，暮听万溪松。
悬瀑鸣清佩，残阳落迥峰。
花开繁复丽，云绕淡还浓。
天地如诗画，江山为幕从。

五

天光开晓镜，暖日媚妆隆。
江作丝罗带，山为瑶贝宫。
风流鬓云秀，烂漫髻钗红。
窈窕阳台①女，相看永不穷。

六

娥轮照巫岭，独自向深冬。
雾霭覆清丽，冰霜浥蓊茸。
寒侵无袄褥，枕伴只萝松。
长惜茕茕影，愁听午夜钟。

---

① 阳台：战国时期楚国宋玉《高唐赋》中，神女自述："妾在巫山之阳，高丘之阻，旦为朝云，暮为行雨。朝朝暮暮，阳台之下。"

七言絶句

依韵和杨文镒先生
《青城山货》诗（四首）

2016年7月29日，杨文镒同学夏日闲居青城，逢赶场天，雅兴勃发，和崇智先生诗一首。笔者不揣冒昧，依其韵和诗四首。文墨交流，其乐融融。

一、赶场

林深草茂野蔬长，蕨嫩菌肥摆满场。
山路崎岖肩篓运，换回米醋酱油糖。

二、山珍

山中自有野珍藏，夏采骄阳冬撷霜。
老妪街边售卖尽，换来鬈发读书郎。

三、山民

蓑衣带露胶鞋破，一脸沟渠鬓发霜。
笑侃山珍家里有，豪情都在白云乡。

四、猴菇

猴菇满岭撷春阳，儿女寻来一背筐。
寄语城中亲父老，游山选购任君尝。

附：杨文镒先生诗文

逢青城山三六九赶场天。城里头少见的山头货。山里农民卖的：西红柿果肉是会"翻沙"的，山药是大山岩缝里长出的，野生菌是可以当面演示生吃的，野果野菜野药无论怎么解释你都是会听得很传奇的，所有卖价总是会比城里低得出奇的。

越岭翻山乡音多，青城深处有乡场。
城中餐边说稀贵，不及农家土灶汤。

岁月留痕（八首）

——20世纪60—70年代知青生活纪实

一、野眠

朝种山田夕溉梁，更深月黑眼迷茫。
溪头倒卧依泥睡，大地为茵天作房。

二、赶场过午

早赶乡场午未归，炊烟不起半柴扉。
门前鹅鸭朝天叫，架上衣衫邻里飞。

三、收工晚归

濯足桃溪喜水清，荷锄归晚月华升。
旧书翻检过三遍，蛙鼓还敲独夜灯。

四、听蛙

住得茅庐曲水边，前坪后圃夕阳田。
蛙鸣调老荷塘外，蛩语声稀灯火眠。

五、不为斗米谋

一犁春雨蜀牛骄，日作田畴青绿苗。
不为三餐谋斗米，只怀希冀在明朝。

六、无衣

一身褴褛阮囊贫，补衲重重针脚匀。
腹有诗书清气在，鹑衣百结自丰神。

七、冬庐

雪裹阡畴雀鸟稀，农家捣米作春衣。
邀来雁柱偕诗侣，奏罢高山吟采薇。

八、田垄琴音

日稼骄阳汗润田，晚归无米且调弦。
琴音好似春江水，欲续还休已惘然。

归　家

进屋惯闻锅碗响，羹鲜酒热暖心肠。
回看妻鬓星霜色，始悔长年庶务忙。

石　榴

花繁叶碧蓓均匀，天赋赪红少艳痕。
大度能容千万子，玲珑剔透妒香魂。

有　感

逝水流波苦掩春，半生荣辱渺浮尘。
男儿志短一抔土，岂是胸中意不伸。

华灯初放

碧云暗淡天帘矮，华彩初燃路骤明。
归宅男儿行色急，摆摊小贩菜新成。

门前樱桃

丹霞醉染樱桃颗，野雀顽童品味先。
大叔登临亲采撷，家家分享一篮鲜。

雨　读

心动神摇游万疆，诗情画意醉华章。
十方世界无闻耳，槛外雷鸣雨正狂。

诗 兴

天毓诗情风雨来，词求雅正意新裁。
但将拙笔书胸臆，韵就无须倚马才。

暴雨袭城

2020年8月12日，家乡广汉时隔两年又遭特大
暴雨，主城区被淹。

雨暴天倾民庶愁，茫茫一片水横流。
通衢又见救生艇，何有安邦万世谋。

春之歌（五首）

一、春耕

江村日丽小姑娇，手挽犁牛过野桥。
山喜雪融明浅翠，花缘水暖著桃夭。

二、春雨

潇潇一夜春江雨，漫过山川涌进城。
洗净尘埃与霾雾，花红柳绿道分明。

三、春社

新春天气艳阳骄，社火喧阗闻鼓箫。
狮舞大爷无老态，秧歌妪媪亦妖娆。

四、江晚

江花闪烁晚霞消，暮色苍茫明月桥。
老妪寻呼垂钓叟，竹林婉转听吹箫。

五、春笋

龙孙①解箨②倩春霖，一夜摩天凤尾森。
谁识凌云揽风雨，堪教宫徵奏清音。

---

① 龙孙：笋的别称，泛指竹。此指新竹。
② 解箨：箨，笋皮。解箨，挣脱笋皮。

访荷乡

德阳市中江县白果乡遍种莲荷，一片绿茵。

夏日寻芬白果乡，弥望一碧绿茵场。
荷披霞彩随风舞，蓬举高低宛转香。

七　夕

一水盈盈隔岸怜，殷勤媒喜鹊桥牵。
非为王母无情义，只问两心坚不坚。

龙泉山看桃花

仿佛云霞落远岑，漫坡盈野尽桃林。
逸情随蝶寻诗去，衣袖沾香对月吟。

知青友

月夜香茶聚友贤，亭江野垄忆耘田。
栽秧关笼怜腰断，割麦相帮抵足眠。

街头听琴

谁赋琴音翻别怨，一弦呜咽一弦叹。
东家失怙西还贷，听断离人珠泪残。

早　市

车载肩挑赶早场，秋风秋雨透衣凉。
却看街市新蔬绿，白菜西芹殢土香。

橘　山

东岭橘红灯样媚，秋阳抹彩赛桃天。
守林娘舅衣衫动，一带斜晖过小桥。

桂　香

风飘金桂芳魂动，十里蓉城尽带香。
谁掣蟾宫瑶殿蕊，熏馨世界入杯觞。

听　荷

莲露团珠举玉柯，花开蝶戏动桥波。
笔耕日暮潇潇雨，闲倚芸窗听芰荷。

史　笔

史家自古书真相，直笔如刀①不畏强。
悍吏昏君皆入简，拼将热血世流芳②。

---

① 直笔如刀：指太史董狐，亦称史狐。《左传·宣公二年》，晋灵公夷皋聚敛民财，残害臣民。执政大臣赵盾苦心劝谏，灵公不改，反派人刺杀赵盾。赵盾被迫出逃。当逃到晋国边境时，听说灵公已被其族弟赵穿杀死，于是返回晋都继续执政。太史董狐秉笔直书："赵盾弑其君。"赵盾不服。董狐曰："子为正卿，亡不越境，反不讨贼，非子而谁？"史称"董狐笔"。

② 流芳：指太史简。春秋齐国，齐庄公与大臣崔杼之妻私通。崔杼忍无可忍，将齐庄公杀害。太史伯不阿权贵，秉笔直书"崔杼弑其君"，被崔杼杀死。其弟太史仲、太史叔继续直书"崔杼弑其君"，皆被杀害。最小一个弟弟太史季依然不畏强权，秉笔直书"崔杼弑其君"。崔杼无奈，没再杀人。史称"太史简"。见《左传·襄公二十五年》。

秋之韵（五首）

一

波摇碧水听鸣鸥，岸柳山花带露秋。
枫叶初燃红万点，霞云垂彩棹行舟。

二

溪湾水荇牵流韵，夹岸红枫草似烟。
小艇轻摇波縠起，一篙划破雁飞天。

三

林绕花溪倚黛行，啁啾鸟语转山清。
赤橙黄绿浑如染，枫叶流丹烂漫情。

四

彩色斑斓入岭家，花红橘绿间桑麻。
门迎悬瀑枫林醉，崖绕晴岚篱路斜。

五

秋林泼彩染流霞，五色颠翻深浅花。
犬吠桃源夕阳静，鹭飞远渚落蒹葭。

夜 读

一霎梧桐夜雨喧，蛩鸣阶砌透轻寒。
情迷李杜思无寐，冷暖不知衣正单。

银杏下

霜叶披金灿玉光，秋风摇落舞斜阳。
翩翩蝶翅逐尘梦，翠黛轻盈入画框。

莲荷情

陂塘荷叶绿森然，摇曳红衣映日妍。
尤喜莲蓬秋结子，金风玉露更堪怜。

秋　思

离别金秋总挂怀，悄然又见菊花开。
门前伫望天青色，鸿雁迟归人未来。

中文系资料室

几处黄莺啼豫章，轻阴护绿万刊藏。
寒来暑往流连地，衣袖氤氲翰墨香。

秋　馈

葡萄多味柚金黄，萝卜飞红映曙阳。
秋予人间饶馈赠，满盈蔬果地飘香。

鬓 霜

频繁经岁惜微霜，诸事萦牵待启航。
心在山河天许寿，志循骚雅逐馨香。

暴 雨

连夜雷鸣雨敲椽，枕衾不暖梦魂牵。
心怜灾后棚门户，多少家庭浴水眠。

秋 华

落红深处有新蕾，拈露寻芳过晓林。
长挈心花寄流彩，一哦一笑醉鸣禽。

秋 雨

河柳青消梧叶黄，芙蕖玉殒梗横塘。
归飞鸟入千林暗，携雨秋风一枕凉。

霜 梅

迎霜兀立渺苍穹，袅娜清姿斗嫣红。
天性由来为傲骨，堪教青女宠冰风。

旅 夜

电话殷勤问短长，蛙鸣池沼旅宵凉。
几回寝梦芙蓉被，犹忆相逢稻麦黄。

曾　经

青春无价等闲身，壮志蒿莱似路尘。
今日从容花满道，不辞拙笔写纯真。

游望江公园

柳上黄莺啼翠影，池旁修竹倚云霞。
幽香一路游人醉，行到春深满苑花。

春天的原野（六首）

2024年4月23日，四川大学离退休处组织《枫华》作者赴眉山市永丰村①采风、参观三苏祠。

一

竹荫溪畔垄沟斜，地润流脂麦吐芽。
油菜含苞秧毓秀，春风吹雨绿无涯。

二

春阳照脸雨初消，绿野风光柳映桥。
弥望川穹明浅翠，满村花木著桃夭。

---

① 永丰村：地处眉山市东坡区太和镇，是四川省高标准农田示范样板之一。

三

丽鸟啁啾啭曙云，红阳催蕊叶生新。
田园四处描春景，水碧天青人旺神。

四

波光扰扰秧针秀，溪柳垂垂道路新。
小伙导游农稼事，供销姑嫂喜迎宾。

五

一门三杰耀州城，祭拜①声声学子情。
辞赋文章人景仰，庙堂山野尽清名。

---

① 祭拜：参观三苏祠当天，恰逢眉山市各学校学生排队依次在
飨殿前举行祭拜仪式。流风古韵，庄重肃穆。

六

荔枝树①下仰崇行，古井②栏前闻德声。
翰墨传家资雅兴，白头尽带彩霞情。

---

① 荔枝树：三苏祠内有一棵荔枝树。据传，宋神宗熙宁元年
（1068），苏轼丁忧除服，即将还京。老友蔡子华等在苏家院
内种下一棵荔枝树，叮嘱苏轼常回家看看。但世事难料，苏轼这
一去再也没有回过家乡。
② 古井：是苏家留下的唯一遗构，井水清冽，长年不涸。当地有
"圣水净手书锦绣文章"之说。三苏祠至今还保留着每天打一桶
水供游客净手的传统。

七言律诗

中国女排2016年里约热内卢奥运会夺冠

雷霆一击乾坤定，万里巴西绮梦圆。
快打背飞常奏效，佯攻猛扣屡摧坚。
救危鱼跃身轻燕，抢险龙腾势逆天。
聚力众心凭主帅，敢拼搏出摘金篇。

山　愿

山珍满篓雾云开，一嗓村歌载月回。
洗尽门前溪涧水，喝干手上酒醪杯。
妻叨房屋当添瓦，女索诗书欲骋才。
明早逢场街市去，筹谋已久不须催。

汶川大地震（2008.5.12）

地动山摇城倾堕，岷江流断路桥伤。
楼坍千栋帮扶急，屋毁万家施救忙。
赴死宁辞尤勇毅，临危不惧独坚强。
军民抢险齐支援，天意昭彰大爱长。

山居消夏

借得浮生三五天，卜居农舍兴悠然。
崖前飞瀑沉潭岈，屋后寒松映雪巅。
望眼晴云鸢绕岭，低头篱路鸭盈川。
车喧远隔重山外，一觉清凉日已偏。

乐　怀

绿肥红瘦藏新蕾，霜鬓还生山海心。
思想达观天气好，身姿优美短歌吟。
尝沿溪道行车乐，会向诗坛习律深。
赋得豪情随霓彩，哼呵一笑醉鸣禽。

少年志

童少炼钢曾上山，青春遭遇大荒年。
含饥求学胸怀志，穷理覃思名忝前[1]。
人惜优材多落第，心期槐梦去耕田[2]。
一朝垄亩消韶月，便入无常风雨天。

---

[1] 名忝前：1962年入读达县中学高中（现名达县第一中学），年年平均成绩90分以上，学校出红榜表彰。
[2] 去耕田：1965年12月，主动放弃达县专区劳动局安排的工作，自愿下乡务农锻炼，自证红心一颗。

知青庐（二首）

一

村外茔泥版筑墙，铺层麦草盖新房。
冬温可避风吹雪，夏爽无须冰纳凉。
屋后清溪浇白菜，林中黄土窖苕粮。
夜望星曜半轮月，梦寝犹闻稻谷香。

二

蓬户转身头碰墙，开心笑侃篾笆床。
知哥知妹来先后，村叟村姑问短长。
十载垄耕庭树绿，一朝梦破鬓云苍。
犁锄不管前程事，只把他乡当故乡。

知青生活拾趣（六首）

一、孵小鸡

鸡母春晴抱蛋眠，新雏生命嫩绒团。
丫丫满屋叫声脆，粒粒一盆争食欢。
鸦黑鹅黄呈丽彩，夏阴冬雪斗林盘。
精心喂养成慈父，静待长鸣迎曙丹。

二、标准工①

豪奔社队成庄汉，心系桑麻寒暑天。
割麦开镰时夺冠，栽秧打谷每争前。
月光坝里教忠舞，风雨仓中侃古贤。
三百三三锄地日，标工评选我为先。

---

① 标准工：20世纪70年代，社队按劳力大小评工计分，标准工为十分。本人连年被评为标准工。

三、刀削面①

麦种闲抛风渐寒，无肥缺料懒耘看。
冬阴苗绿新芽少，夏霁田收穗粒残。
白面研磨待黉夜，俎刀揉和削锅盘。
添油倒醋拌椒酱，美味堪称凤阙餐。

四、修水涡轮②

青春体壮力无穷，斗地战天心气雄。
抢镐开渠一双手，担泥筑坝万家功。
霜风拂面迎寒上，黑月挑灯待日红。
耄耋之年时顾首，豪情都付笑谈中。

---

① 刀削面：种自留地得麦，磨成粉，做了一餐刀削面。
② 修水涡轮：1969年，余所在的金轮公社一大队修水涡轮。每
生产队派工五人，我由十一队派出。

五、思亲

农乡终日背朝天，风冷霜寒未乞怜。
晨起犁田馁难耐，更深抢水困尤煎。
春耘豆麦餐无肉，秋送公粮褥缺棉。
月黑思亲家梦远，欲缄书信不成篇。

六、忆流年

流年似水耒乡田，心念黉门书帙山。
风雨纷纭思古道，乾坤翻覆叹冥顽。
人穷犹梦双鸳枕，路断偏望万里关。
世事不虞空记省，多情还许忆红颜。

过年的味道（三首）

一、年夜饭

笑聚华堂言语喧，坐中女眷美婵娟。
山珍定有猴头菌，海味无须龙胙圆。
身体安康一壶酒，机麻快活二更天。
红包发放儿孙乐，点爆烟花入兔年。

二、同学团年①

烟花璀璨过年情，岁夜相逢笑脸迎。
鬓发星斑神却在，腰肢活络履还轻。
闲聊时议俄乌战，清唱常飙汉藏声。
事业文章都出众，称觞祝福一杯倾。

---

① 2023年1月14日，中文系七七级在蓉同学茶叙后在郭家桥北街蜀上肴餐厅团年。

三、请春酒

呼朋唤友来相聚，努力加餐又一春。
腊菜飘香凭客啖，甜醪泛蚁劝觞频。
猜拳行令苍颜老，喝四吆三词韵新。
半世忧劳忘却尽，举杯便是酒中人。

农民朋友

忆昔茅门邻舍郎，言辞淳朴热情长。
并肩送担同挥汗，结伴赶场齐纳凉。
元夕陪聊驱寂寞，中秋邀膳慰彷徨。
田家仁义驻心里，今隔城乡永不忘。

翼际山

瘴疠猖狂翼际山，生灵涂炭殒黄泉。
长江万里无舟楫，华夏三春绝管弦。
人避阎罗期驱魅，医逢恶疫望成仙。
但求病毒如朝雾，逝去随风得晏然。

青春梦

自证忠诚①下社田，经风识雨不知难。
平畴耕稼桑麻好，桃李浇园枕席安。
岁岁参加先代会②，期期上榜表彰栏。
众多美誉人称道，绮梦醒来襟袖寒。

生命之帆

红颜憧憬梦常欺，流落穷乡志尚奇。
世道风云天地乱，田畴茅舍杞人悲。
浮生虚度惭批孔，学业空抛愧见师。
而立光阴能有几，前途重拾待嘉期。

---

① 自证忠诚：1965年高考因特殊政策名落孙山，自愿放弃达县
专区劳动局安排的工作，回家乡广汉下乡务农。
② 先代会：指"广汉县学习毛主席著作先进个人代表大会"。
1975—1977年，余连续三年出席县先代会。

砥 学

岁月流荒十载中，生当不惑意尤雄。
常嗟学友五车富，时愧书田一隙空。
晨起清吟天未曙，晚凉奋笔纸将穷。
耕耘寒暑酬香梦，心绪无端期有功。

从教记

杏坛教学卅三年，臧否是非姑自权。
敢说先知开后智，未尝糟粕玷灵田。
人妖曾有颠翻过，邪正从来诠释偏。
前路风波千万里，启明还得道真传。

七秩自寿暨次韵弟游运依韵和兄七秩自寿辞（二首）

一、七秩自寿

曩昔文昌蒙昧子，忝称教授耄耋翁。
卅年庶务终朝洁，一世清名两袖风。
笔墨闲耕欣有得，歌诗偶赋愧难工。
词章事业传薪火，代出才人势更红。

附：弟游运：依韵和兄七秩自寿辞
九天寒冻压庐蓬，不见长空梳鸟翁。
芦荟有心迎白雪，梅花无意借东风。
霞光透雾观新日，云气横虹问圣雄。
待到柳丝新绿起，一丛蓓蕾又微红。

二、次韵弟游运依韵和兄七秩自寿辞

冰冻十年停辟雍[1]，家传书礼绍文翁。
偷光能忍枵肠馁，映雪不辞寒月风。
历尽劫波存浩气，登临山海慕诗雄。
星分南北云鹏举，翰墨相承棣萼红。

附：弟游运：再和兄和诗
祖上德馨[2]金榜名，至今七代受人钦。
读书四辈川大籍，养志一门干净身。
先父[3]移交金钥牡，长兄[4]引领典奇文。
家风本是莲蓬子，绽放丰姿不染尘。

---

① 辟雍：古代国家高等学校。初为西周天子所设。校址圆形，围以水池，前门便桥。东汉以后，历代皆有。出自《礼记·王制》："大学在郊，天子曰辟雍，诸侯曰泮宫。"
② 高祖父游德馨读书入举，曾任清朝蜀中教谕。家中女眷凤冠霞帔。
③ 父亲1949年底系绵阳税务局主任，掌管金库钥匙。因避战乱，众人离去，唯父亲坚守岗位直到解放军接管金库，分毫不少，物账两清。
④ 兄长著作颇丰，《中外诗学大辞典》200余万字影响深远。

冬夜散步

漫步隆冬腊月天，沿街一路上三环。
眼望虹霓精神爽，脚踏冰霜思想闲。
卤菜飘香馋老嘴，鲜花降价贾红颜。
宵游不吝常邀友，茶寿期颐定可攀。

莫道桑榆晚

岁老常怀天下事，畅言社会话公平。
富强唯有靠经济，民主才能获德声。
腐败饕贪缘攫利，清廉劳作为谋生。
黄粱新贵终贻笑，众庶风评黑白明。

依韵和弟游运贺兄七十寿辰

年寿古稀松柏姿，夕阳问学不嫌迟。
当前道路花如海，昔日荆榛父作碑。
生命犹能重起橹，青春无愧欲吟诗。
留身壮骨亲兰草，合奏埙篪正有时。

附：弟游运：贺兄七十寿辰
黄金岁月以当时，一手文章创路碑。
秀笔闲抛成大典，新书频出见葳蕤。
青铜铸鼎铭篇在，星火追光飞箭驰。
偶拾吉光酬大雅，我兄杖国更英姿。

茶　聚①

同窗雅集枕流园②，绿树香茶碧曲栏。
去岁相逢颜未老，今朝重聚意殊宽。
漫游花海人欢笑，长忆黉门夜读寒。
呼妹称兄情谊厚，乐山乐水共平安。

重阳书怀

重九秋深菊蕊黄，登高望远念家乡。
离门问学卅三载，酬志增年七秩郎。
濯锦江边亲友老，雒城巷里故人康。
梧桐夜雨怜霜鬓，心冀岁华如曙阳。

---

① 茶聚：中文系七七级成都同学每月于望江楼公园茶聚一次。
② 枕流园：即枕流雅筑，望江楼公园内一处小巧清幽的园中园。

冬日游望江公园

冬阳照水縠纹匀，雨霁霾停草色新。
梅吐幽香含露彩，鸟鸣修竹啭音亲。
浣笺亭柳未翻绿，濯锦游人已觅春。
槛外风寒犹冻骨，心田日暖笑声频。

读同学来信

倏忽鬓星叹耄耋，流光驹隙半人生。
花红欲谢春愁老，岁去难留物有情。
尝倩文章知梦远，每依雁足报安平。
闲聊时忆当年事，遗憾多多道不明。

游东湖

东湖游冶畅开怀，杨柳依依紫燕来。
糖塑金龙飞欲去，漆描面具笑还呆。
爹持纸鹞凌空放，娘玩机麻爱女陪。
快乐相忘焉有馁，香飘盒饭不须催。

锦江春

飞珠溅玉满堤花，十万霓虹竞酒家。
白鹭横空舒劲羽，笠翁停棹煮新茶。
楼凌霄汉看云影，歌绕幽篁听笛琶。
夕照垂波红烂漫，春江涌动一天霞。

老 树

门前老树伤痕累，远望虬枝怒向云。
雷劈支离根尚在，风嚣零落干尤坟①。
春来雨足新芽绿，雪后天寒蒂萼欣。
生长百年筋骨壮，浓荫匝地又铺棻②。

谕儿女

咱家祖训重名节，两袖清风翰墨强。
公务焉能趋物利，品行未可折膏粱。
安身从古凭鸿德，立命由来靠麝香。
闯北走南人友敬，高标逸韵自昌扬。

---

① 坟：大。《诗经·小雅·苕之华》："牂羊坟首，三星在罶。"
② 棻：茂盛的样子。［东汉］班固《西都赋》："五谷垂颖，桑麻铺棻。"

蓉城元夕无月感赋

蓉城元夕无月，而霓虹灯会璀璨如天阙。

元宵无月不须嗟，万户霓虹赛锦霞。
浑似阊门开宝殿，又疑阆苑绽琼花。
车流光剑龙蛇舞，灯宴宾朋烟火斜。
华服弦歌连美馔，新妆儿女竞豪奢。

黄山迎客松

一枝迎客万年松，兀立黄山峭壁中。
敢向风雷担铁骨，偏欺霜雪锻青葱。
平民到访频招手，王爵驾临无媚衷。
惯看人间悲喜剧，不分贵贱众生同。

情　伤

运交华盖路严苛，冠戴沐猴情若何。
最是花开好年景，偏遭雪虐少枝萝。
拳拳壮志诗文表，耿耿书生血泪多。
日盼阴霾除扫净，清吟畅笑又欢歌。

贴梗海棠

阳春三月，川大贴梗海棠花开得如火如荼，
感而赋。

悄生柳岸月池边，玉露才侵花已妍。
枝干纵横坚似铁，胭脂繁复灼如燃。
颜开管领东君妒，骨瘦无须词客怜。
收拾春容芳不语，直将缬晕醉江天。

貌似年轻

七秩人夸颜未老，开怀一笑已忘年。
容因欲少能知足，貌在身穷亦乐天。
大典初成心境爽，歌诗偶赋逸情燃。
埋头不问江湖事，笔下闲来听雨眠。

龙泉山居

地依湖水竹篱斜，前后桑麻间豆瓜。
阡陌纵横光耀彩，沟渠远近麦抽芽。
漫坡绿橘连苹果，沿路红桃杂杏花。
春去秋来皆锦绣，开门便见一天霞。

望江楼

楼俯江桥岁月遐，年年飞絮堕平沙。
波留帆影闻歌笛，门掩黄昏近酒家。
薛女才情多丽赋，书生意气诵风花。
无边春色撩人眼，斜倚栏杆看霓霞。

忘却的记忆

籴米沽油票证红，连篇高产敢言穷。
书生有志酬襄国，棘路无津难诉衷。
学应覃思逢乱世，文当真善压箱笼。
凌霄一朵易消殒，蓓蕾初荣畏疾风。

命运改变的一天（二首）

2016年12月9日为恢复高考39周年纪念日，39年前的那一天，是我改变命运的日子，感而赋。

一、伸志

红颜意气未轻狂，道阻皇天雨雪长。
卅岁春阑前路渺，十年肠断国人伤。
忽闻喜讯开科考，便入黉门问学忙。
从此风鹏舒劲羽，宵衣旰食志昂扬。

二、国选

知识选才贤士路，零分上榜万人嗤。
考场试艺优生胜，学校育英家国期。
腹有诗书成玮宝，胸怀筹策变良骓。
神州进步靠科技，巨舰扬帆众力推。

与同学共勉

地当僻壤远春光，漫向诗书识豫章。
风月同窗情渺渺，身家重义志堂堂。
红尘多媚宜规俗，笔路遥辛但冀强。
天赋操行难尔耳，一生懵懂慰彷徨。

踏　春

新春天气好情怀，一路阳光霾雾开。
湖畔香茶聚朋友，花前彩蝶恋童孩。
儿孙兰棹溪流去，父母青山苻露来。
大叫小呼围满桌，琼浆玉箸不推杯。

高坪古镇重建有感

2012年，广汉市高坪镇开始重建古镇，以应旅游热。

神州城镇皆称古，乱世遭殃几保全。
一脉乡规成四旧，千年名宅毁连年。
诗书箧箧焚烟火，画栋根根拆瓦椽。
今见新生旅游热，牌楼重建枉民钱。

校医院住院

急性胃炎须住院，医床一躺病心悄。
症情骤起容抽检，药液连输冀早痊。
闲卧三天亲李杜，神游千载访高贤。
滞针不碍诗骚意，捉笔成章已豫然。

家妻生病（二首）

一

家有病妻诸事哀，千头万绪接连来。
求医侍药烧汤水，买菜厨餐逞馔才。
晨起搀扶理鞋帽，晚居挈领步阳台。
殷勤照护难停手，昨日今朝又一回。

二

柴米油盐酱醋茶，内人生病我当家。
切蔬脍肉期锋利，烧菜煎椒望火煨。
赖有俎刀功底在，难呈碗盏馔香奢。
三餐零落无兼味，从早昏忙到日斜。

神　州

茫茫高铁山穿路，滚滚江河水走船。
西据珠峰含宝矿，东临沧海蕴油田。
巡航钓岛南沙戍，守护昆仑北境坚。
经济民生齐努力，神州处处谱新篇。

祭父母——龙泉①扫墓

踏青扫墓祭灵泉，父母同俦松柏眠。
心寄乡邦黎庶苦，身逢乱世故人鲜。
才高学苑赢名节，德绍先宗慰祖贤。
福禄寿禧空一梦，长留美誉便成仙。

---

① 龙泉：指广汉市龙泉乡。

玉兰花（二首）

一

千枝万朵雪为胎，料峭春寒竞夜开。
玉色未输梨木蕊，芳魂岂逊瓦霜梅。
含光弄影翩跹舞，浥露飞花烂漫回。
香淡不求蜂蝶顾，猗猗一袭藐尘埃。

二

玉立亭亭霞照里，悄然池阁画春浓。
状如飞鸽凌霄翅，美似姝肤白雪容。
性本孤芳怜傲骨，心求高洁厌卑恭。
东君休怪百花后，邀宠争芬不与从。

登峨眉

垂天小道曲羊肠，金顶遥攀云雾乡。
水涧淘淘悬瀑布，雪峰杳杳闪银光。
斜穿谷磴听人语，横度渊桥看佛墙。
细雨沾衣晴翠处，钟声悠婉醉流芳。

梅　韵

窗外清姿露彩浓，花开数朵入帘栊。
芳华应许凌云志，玉骨堪教傲雪丛。
霜领夭妍人问早，风从袅娜靥飞红。
隆冬翰墨怜疏影，一缕香魂气韵丰。

秋　蝉

白露为霜秋气清，枝头犹响断蝉声。
余魂渐杳岁难久，变徵还添噪愈鸣。
曾慕山高天地阔，长悲木落晚霞明。
凄惶不挽东流水，寂寞来春何处情。

邻　居

两家墙隔半花廊，声息相通似一房。
采得海鲜邀品鉴，厨成美味约先尝。
童孙嬉戏遥看护，翁婶疴痰勤问康。
风雨襄扶三十载，不辞高义友情长。

川大红瓦宾馆茶室观棋

人如禅定战心争，步步招招来去兵。
马炮齐攻堪破敌，士车同守合安城。
绿红移向风雷动，横竖经营妙算生。
一着奇谋枰胜负，无声杀伐势峥嵘。

海　泳

投身大海碧波间，云水苍茫一胆悬。
浪似青峰兼雪涌，人如黄叶与鸥翩。
唯将剩勇泅无底，敢向阎罗问死笺。
世事沉浮当若是，风刀霜剑自悠然。

三溪镇赏菜花

成都市金堂县三溪镇以菜花名，阳春三月，
云霞漫野，游人如织。

一夜东君泼色欢，云翻彩浪画图妍。
花迎游客蹈金海，香笼民居漫谷川。
学女踏春忙摄影，农家贾酒乐收钱。
夕阳照水溪原美，锄妪犁翁人似仙。

雏　鹰

雏鹰初试翔云翅，嫩羽微张向杳冥。
眼睨川原欲搜鼠，心存天宇冀攀星。
腾身渊谷才生胆，转瞬青霄已展翎。
不待扶摇凭风起，长空万里越轻灵。

离退休舞厅之华尔兹

宫商悠婉绕华堂，星鬓相携神立扬。
前跨转身姿态美，回环却步舞风香。
惊鸿一瞥黛眉细，彩凤双飞红袖长。
言笑欣欣亲挽手，衷情共与醉斜阳。

月牙泉

何方玉净瓶中露，洒落崇丘化作泉。
地接昆仑连瀚海，山倾碛壑抱清涟。
晴沙隐隐鸣鼙鼓，葭水摇摇映曙天。
更喜亭台垂碧柳，吟风弄月几千年。

吊云顶城古战场（二首）

金堂云顶城是著名的"抗蒙八柱"之一。自1246
年起，元、南宋在此攻守二十余年，伏尸盈野。

一

杀气冲天火炮倾，云旗猎猎伏骁营。
狼烟万里来强虏，热血千山阻敌兵。
守土人甘为毅魄，保家志在戍危城。
古今巴蜀多英烈，抗战求荣不惜生。

二

鏖战经年夜复明，云城难破北戎惊。
宋军力挽三千弩，蒙狄灰摧十万兵。
誓抗腥膻逐强虏，甘抛热血卫和平。
横尸盈野丹心在，代代相传扬烈名。

回访插队村（二首）

一

汽车开进泥墙院，农友喜迎忙递烟。
驻望青丝添白发，回眸赪面挂沟川。
深情一握力犹足，香茗三斟笑更妍。
往岁相交皆故事，唠叨镇日话连翩。

二

卅年再访农家院，一路阳光满目春。
疾步林盘闻妪媪，抬头老屋认乡邻。
清茶半碗喜叨旧，月夜千言愧忆贫。
昔日犁耕劳惠顾，今朝回首倍堪珍。

拉保保，拜干爹（二首）

正月十六，为四川省广汉市"拉保保"节。附近三州五县城乡居民，挈幼将雏拥入房湖公园，为孩子"拉保保"，拜干爹，热闹非凡。

一

挈幼将雏正月天，风光旖旎雒城边。
园开拉保千年节，路集交亲万户缘。
父母相邀苍柏下，儿童嬉戏赤梅前。
州邻素昧同牵手，结子连家笑语传。

二

相知相识柏荫前，风物烟花丽日天。
万里奔波攀永戚，千家联动办华筵。
昔传孟母择邻虑，今有干爹助学缘。
浩荡乾坤人贵义，纷争世道爱为先。

抗雨涝（二首）

2018年7月11日，家乡广汉市连山镇、金轮镇、西高镇等地暴雨，河水漫堤倒灌，场镇进水，数千亩农作物被淹。

一

雷鸣电闪喧遥夜，暴雨倾盆水漫川。
堤柳吞波惊变海，市衢奔浪看行船。
道忧泥石塌方阻，村喜人车救学先。
长治防涝须上策，和谐万物不伤天。

二

人困鸡啼云暗山，茫茫一片雨中天。
村庄沦陷波涛涌，桥道沉浮仓廪悬。
开闸排涝劳永夜，担沙固坝保禾田。
忽听童稚书声起，赢取洪灾志益坚。

祀 妹①

悬壶济世志行仁，大爱无疆术有神。
踏遍川原千里路，挽回生命万家春。
偏怜身瘁天人泪，便遣仙归王母滨。
此去瑶台乘凤②杳，九垓慈父喜迎亲。

―――――――――

① 妹游光泰是广汉市妇幼保健院副主任医师，亲手接生新生命
数千，2018年因病辞世。
② 乘凤：相传，秦穆公爱女弄玉喜吹箫，与擅吹箫者萧史结为
夫妻。一日，两人吹箫，引来凤凰，双双乘凤仙去。

祭屈原

艾蒲青粽沅湘愁，楚郢三闾直不休。
变法频遭佞臣妒，哀时甘向汨罗投。
一生报国离骚志，千载痴情渔父羞。
何有披肝贞烈士，长怀忠信谠言遒。

桃花村小学

弥望龙泉山满花，花开锦绣似云霞。
嫣红堪比童颜笑，笑脸争如桃蕊花。
书浴清芬人毓秀，道传真理智含华。
从来苑圃春情早，新蓓窗前又发芽。

蜀山赋（五首）

一、峨眉山金顶

峨眉绝顶宝云边，上揽雷霆下九渊。
金殿辉煌耀天宇，银涛浩渺漫山川。
圣遗弘愿堪崇德，境现佛光疑幻仙。
梵念心存修正果，俗夫无意少机缘。

二、剑门关怀古

一岭巍峨矗险关，曹兵十万莫能前。
刘禅凤阙书降诏，邓艾阴平入蜀川。
国祚岂依山势峻，人心还在舜尧天。
英雄贻笑风流事，羽扇纶巾话昔年。

三、红原驰马

丝缰在手气如虹，千里红原一望中。
草碧天清林茂远，幡飘雪昱日霞隆。
长风吹鬣嘶奔马，遥路飞烟入隘东。
策辔顿生边塞意，冲关欲挽宝雕弓。

四、蜀南竹海遇风雨

卷地狂飙疾雨倾，硑訇渊谷鬼神惊。
冲霄剑戟连营弩，杀敌貔貅百万兵。
远水横流悬瀑出，高天闪电落雷鸣。
蓦然风静云安歇，浑似三军鏖战平。

五、登青城山老君阁①

步步凌霄九垓近，卿云缭绕日霞明。

岷峨隐隐千年雪，锦水汤汤两岸城。

大道无为成世界，青牛出谷挟仙声。

天人和合浑然一，不语乾坤万事荣。

---

① 老君阁：老君阁位于青城山第一绝顶彭祖峰上。1992—1995年修建。阁中空，塑太上老君坐莲像。原址曾有观日亭，又名呼应亭。

成都九眼桥揽古

桥似弯弓①射殿堂，大西②深惧破天纲。

君恩诏拆回澜塔，清帅兵谋剑阁岗。

藏宝传闻流故国，寻银美梦断黄粱。

石牛犹卧江边草，曾见芸芸众庶狂。

---

① 桥似弯弓：明崇祯十七年，张献忠攻占成都，建立大西国。
当时民谣："桥似弯弓塔似箭，一箭射到金銮殿。"
② 大西：大西皇帝张献忠。

我爱你，川大！（六首）

一、百年风鹏——贺川大128周年校庆

鲲鹏展翅遨天宇，朝夕争辉成果丰。
前有鸿儒昭日月，后赓麟趾绍文翁[①]。
词章彬蔚垂青史，科学鼎新添懋功[②]。
海纳百川多俊杰，光勋勒石碧崖中。

二、教学楼

飞檐红柱玉阶楼，薪火传承池畔秋。
落座皆为才彦士，讲台尽是硕儒流。
师遵大道倡民主，学绍精神尚自由。
踵足先贤肩德义，诸生情志系金瓯。

---

① 绍文翁：绍，继承。文翁（前187—前110），西汉时人，蜀郡太守，公学始祖。"崇教化、兴学校"，为世人所称道。其创办的文翁石室，现为四川省成都市石室中学，是中国第一所地方官办学校，也是全世界唯一一所持续两千多年未曾中断迁址的学校。
② 懋功：大功。懋，盛大。

三、讲台

三尺讲台天地宽，穷经诲道虑精殚。
横评历史王旗路，纵剖诗骚情志观。
喋喋微言申士德，谆谆彝训恤文坛。
咳珠唾玉芝兰秀，煦面春风授受欢。

四、抢座①图书馆

课余奔竞图书馆，门掩智光绌帙田。
锁钥初开争占座，期刊细读欲忘筌。
书山掘路求闻道，学海寻航为棹船。
从此春秋寒暑日，埋头覃奥不知年。

---

① 抢座：20世纪七八十年代初，图书馆晚7点开门。学生们饭后纷纷聚集在图书馆门前，一开门便蜂拥而入，抢占座位。没有座位的学生，只得一步三回头地离开。

五、校园寒假

数九寒天暮雨停，风吹路冷少人行。
道遮林木萧疏尽，池映星河寥落明。
阅报栏前衣帽动，图书馆里笔头耕。
遥望备考攻研子，一夜灯光到晓莺。

六、问学

身居斗室绿荫林，渊谷虚怀问学深。
一尺方圆探世界，万寻大道度金针①。
鹏飞定欲凭真理，鱼跃终须尚德心。
朝夕覃思驹过隙，不辞长作郢中吟②。

① 金针：比喻某种技艺的秘法、诀窍。典出唐冯翊《桂苑丛谈·史遗》：相传古时有个郑采娘，农历七月初七祭织女，织女送她一枚黄金针。郑采娘得金针后，刺绣技艺越发长进。
② 郢中吟：比喻高级研究或成果。典出战国楚宋玉《对楚王问》："其为《阳春》《白雪》，国中属而和者不过数十人；引商刻羽，杂以流徵，国中属而和者，不过数人而已。是其曲弥高，其和弥寡。"唐高适《同郭十题杨主簿新厅》诗："多君有知己，一和郢中吟。"

为四川大学七七、七八级入学四十周年纪念大会献诗（二首）

一、我们的1978

四海罗珠无弃材，春秋迤逦①入园来。
先师鸿论春风暖，晚学冥心智慧开。
且惜腊灯通舍壁，更怜萤火照窗台。
文光初试冲牛斗，尽是清声吐凤才。

二、我们的2018

新知旧雨聚高堂，忆昔同窗谊更长。
联袂皆为翰墨手，寒暄尽是桂枝郎。
龙游沧海终腾霄，虎入山林定啸岗。
卅载芳华人未老，风鹏云路竞辉煌。

---

① 春秋迤逦：1977年恢复高考后，七七级学生于1978年春入学，七八级学生于1978年秋入学。

蓝色星球

悬游宇宙纤尘渺，兆亿年滋万物荣。
蛮野先民筹建国，贪权党派竞驱兵。
人浮天地唯分秒，家有钱财岂永生。
运化何时差一缕，穷通贵贱命同倾。

鸣沙山传说

鸣沙山上听雷鸣，人道三军鏖战声。
马蹀腥膻飞血雨，鼓催刀剑入胡营。
壮怀赴敌宁趋死，靖国安边岂惜生。
瀚海翻空埋烈骨，魂存千载话雄兵。

霾　日

江城多雾碍人行，花失楼消道未清。
白日昏昏昼如夜，尘霾漫漫视难明。
通衢开堵车追尾，云路停航机宅坪。
左右交灯不能辨，瞻前何往盼天晴。

大西皇帝

败出蓉城势已衰，横遭截杀哭声哀。
珍银弃置沉江口①，残部幸存逃燹灰。
血染都衢彰善恶，兵争王霸落尘埃。
浮财无命难消受，赍与河神添宝来。

① 沉江口：清顺治三年（1646）春，张献忠在彭山江口遭地方
武装杨展截杀，珍银弃置沉江。

荒　村

2008—2019十余年间，四川部分地区农民进城打工买房，一些村落人去屋空，田地荒废。

人去村荒地弃耕，田园长草棘丛生。
溪前有树花空艳，钥后无声墙自倾。
垄亩而今鸡犬杳，林盘从此鼠狐行。
风吹月影坟萤乱，山野鸮音鬼魅惊。

离堆怀古

李冰父子二高贤，治水开山不记年。
筑坝安澜鱼嘴秀，伏龙凿壁宝瓶穿。
引源岷岭三江雪，浇灌成都万亩田。
从此丰衣仓廪足，号称天府美西川。

天涯石

人言此石即天涯，南眺汪洋到处家。
美济太平皆国土，赤瓜永暑富鱼虾。
大东海接黄岩水，礼乐滩连曾母沙。
军舰威仪巡岛屿，珊瑚礁上战旗斜。

鹦　鹉

巧舌能言媚可怜，笼中日月梦魂天。
金丝架下赍怀小，华屋堂前乞食眠。
惯向主翁邀眷宠，甘从阿客学喧阗。
平生抱负唯鹦语，频发簧音讨赏钱。

次韵和弟贺兄生日诗（三首）

一

七秩零三枉齿庚，青春坎坷路难平。
花枝岁月空流去，管乐襟怀岂再更。
风雅鸿图成幻象，华胥绮梦杳回声。
童心好在多生趣，九畹滋兰树蕙情。

二

萧骚白发度生庚，闲步余年气态平。
田垄迷离成过去，诗心摇荡待重更。
人归夕彩花留月，路转溪桥鸟曼声。
天地遨游无尽乐，胸怀四海泛舟情。

三

儿孙年节贺生庚，美馔佳肴火脚平。
玉碗添鲜汤细品，金杯啜酒菜频更。
氤氲雾气看人影，婉转宫商闻乐声。
口角噙香饕兴足，飞觞传笑阖家情。

附：弟游运诗：贺兄生日
彩灯高挂遇生庚，面向新春一世平。
笑看飞花随浪去，闲观落日坠云更。
莫追管鲍问梅影，但踏芝兰听雁声。
永远童心多意趣，南山在望菊篱情。

寄同窗

芭绿樱红须鬓白，天南海北各欣荣。
年光易逝思交谊，世事多艰伤别情。
常讯书田期健笔，喜闻前路广腾声。
如今夙愿随心了，且与儿孙共晚晴。

桃花坞

船近江村风暖吹，山萦翠黛棹如飞。
花开两岸红桃水，篙点一帆青曙晖。
垂钓碧溪童叟乐，荷锄紫陌嫂姑归。
粉墙鳞次爆欢笑，葱蒜煎椒鱼正肥。

依韵和弟游运《登古楼》诗（二首）

一

洪涝肆虐满衢流，白浪吞舟势未收。
峡坝空栏三岭水，岑云恒聚两河秋。
村庄路断愁漻国，城镇车翻坠道沟。
灾变由来天示警，谋先预后合深筹。

二

云锁山川霖霰稠，晨曦初照霭岚收。
浮冰渐泮时翻沫，黄鸟清吟每遇秋。
风雨频来多籴米，愁肠欲断莫登楼。
华颠不悔青春志，坐看飞花逐水流。

附：弟游运诗：登古楼
日落西山江自流，依稀古庙乱云收。
霞辉赤壁翻新浪，烟滚渔矶渡浅秋。
载叟小船风里笛，对歌大戏史中楼。
冯唐已去贤英老，多少王孙白了头。

白梅花开了

砌下寒梅躬自栽，丰姿绰约玉花开。
迎风含露怀冰骨，明德无私远路埃。
丽日啼莺池柳静，清宵举烛友朋来。
北南聚首乡音共，笑语西窗酒一杯。

伤　逝[①]

人生缥缈一花秋，零落随风入土丘。
非是心无贪世念，难违命里索魂钩。
曾承好戚多怜爱，应恋姻亲宜奉周。
此去黄泉道途远，芝兰[②]欲放不须忧。

———————

① 伤逝：外甥（妹妹之子）周凯，不幸于2020年9月去世，年仅
五十岁。
② 芝兰：比喻有出息的优秀子弟。典出《晋书·谢安传》："譬
如芝兰玉树，欲使其生于庭阶耳。"外甥周凯之子周钟一学习努
力，考入大学，令人欣慰。

丰收时节遇雨

2020年8月11日，家乡广汉市时隔两年又遭特大暴雨，主城区被淹，多个乡镇内涝严重。

川原喜得稻粱红，老少磨镰争动工。
忽听雷隆连夜雨，更惊浪卷漫堤风。
大棚灌水瓜蔬死，田垄淤泥穗粒穷。
村社救灾齐勠力，回天誓夺五秋丰。

望江公园品茗

茂竹合围溪径幽，浓荫匝地碧荷稠。
游人留影吟诗苑，白鹭舒翎濯锦楼。
品茗三杯斜照晚，弈棋数局阁池秋。
不闻槛外江边路，滚滚车灯似水流。

史　叹

风雨春秋秦汉唐，香茶半盏话殷伤。
污泥浊浪龙吟细，玉石锦衣猴沐狂。
长惜紫垣霜剑切，惯看金谷菜花黄。
浮沉千古一抔土，骚雅归来是我乡。

听　蝉

噪声天降聒人听，竟日喧喧竹苑林。
曲曲犹矜故园调，家家还辨续弦音。
秋风落地无从见，绮梦留痕何处寻。
寒翼渐随霜叶杳，寂然庭院始清吟。

我爱新疆好地方（五首）

一、夜宿蒙古包

牧草萋萋蒙古毡，主人盛意具佳筵。
羊羔新烤盘飧美，驼奶微温滋味鲜。
汉子狂斟牛角酒，姑娘热舞马头弦。
帐篷一夜腾欢笑，醉卧氍毹向月眠。

二、瑶池①

昔日穆王②行跸处，神山灵境画妍然。
一池碧水明奁镜，万树烟花界阆川。
峰胃飞流疑绮帛，人披夕照似天仙。
觞斟泉乳甘如醴，阿母③何时赐美筵。

---

① 瑶池：新疆天池，又名瑶池。
② 穆王：即周穆王。《穆天子传》记载，周天子（周穆王）乘
八骏西巡三万五千里，在天池与西王母相会，对歌欢宴。
③ 阿母：即西王母。唐李商隐《瑶池》诗："瑶池阿母绮窗开。"

三、博斯腾湖乘摩托艇

浩荡烟波一艇先，冲锋欲领百舸前。
疾如强弩奔悬鹄，翩似飞鱼跃碧川。
耳畔惊风霜鹭起，船头骇浪锦云燃。
茫无涯涘临花岛，疑入浮槎阆苑边。

四、那拉堤草原

天山深处白阳坡，林莽泉明草漾波。
甸漫牛羊流绢彩，峰披冰雪立巍峨。
男儿纵辔逐奔马，妇女烹茶唱赞歌。
好酒添杯游客醉，红妆善侑美人多。

五、天鹅湖^①

草甸茫茫湖水平，天光云影舞轻盈。
一身霜雪唯求洁，万里佳缘但问贞。
旧爱^②相依终烂漫，新禽开鬅便峥嵘。
隆冬南去^③频回首，心系家园几返程。

---

① 天鹅湖：系新疆巴音布鲁克草原上一大片沼泽地，天鹅在此
繁衍生息。
② 旧爱：天鹅实行一夫一妻制。
③ 南去：天鹅湖的天鹅秋季南迁至印度、巴基斯坦过冬，春暖再北
越喜马拉雅山脉，回到巴音布鲁克草原繁衍后代。

天府大道①

北南大道称天府，南接新区②北德阳。
路面平宽三百米，车行风驶万家郎。
商场栉比人潮涌，科技繁荣外贸强。
更有航空开放港，龙腾虎跃竞辉煌。

落　花

满园风雨乱飞花，摇落枝头儿女嗟。
昨绽嫣红羞蔓草，今蒙污秽堕泥沙。
既燔生命出颜色，不悔青春失锦霞。
拥翠敷荣凭天性，迎霄吐艳一芳华。

---

① 天府大道：指纵贯四川德阳、成都、眉山、仁寿的一条交通
大动脉。全长一百五十公里。
② 新区：成都市天府新区。2014年10月2日，天府新区获批为中
国国家级新区。

龙泉山踏青

漫步龙泉山道曲，沟连桃李岭连梨。
浓荫掩翳苍天暑，蜂蝶翻飞碧玉枝。
方喜疫年花事好，还愁封路果农悲。
忧怀十里香难断，空见累累红紫垂。

热　病

鸟声婉转听悠长，似倩春花满院香。
池柳轻摇金缕叶，阳光初照琐窗房。
核酸免费连绵叫，热病昏头渐次康。
日上三竿人奋起，一盅莲粥二丝姜。

读　史

史论纷纷盈耳听，高情千载伴清吟。
周公吐哺羞谵语，诸葛①躬亲怯赂金。
万祀秦皇空念远，独尊汉武枉初心。
何求群籁能相与，国祚迢遥四海钦。

樱　花

红绿橙黄云霓裁，盈盈恰似玉人来。
春阳乱绣千层锦，风雨横吹一路埃。
几日辉煌倾意灿，长年酝酿待时开。
繁华瞬逝焉贻悔，寂寞无为才是哀。

---

① 诸葛：三国时期蜀国丞相诸葛亮。

戊戌六君子祭

1898年9月28日，戊戌变法六君子谭嗣同、康广仁、林旭、杨深秀、杨锐、刘光第六人就义于北京菜市口。

华夏陆沉谋远猷，维新欲解凤池忧。
有心杀贼声情烈，无力回天①倜傥愁。
既荐圆颅启民智，堪怜热血蘸馒头。
横刀②能使鬼神惧，不负人间泣楚囚。

---

① "有心杀贼，无力回天"乃谭嗣同临刑豪言："有心杀贼，无力回天；死得其所，快哉快哉！"
② 横刀：谭嗣同《狱中题壁》诗："我自横刀向天笑，去留肝胆两昆仑！"

弈（三首）

2023年5月27日，川大棋牌协会主办的四川大学第六届棋牌比赛在江安校区体育馆举行。比赛项目有围棋、象棋、国际象棋和三国杀。

一

纹枰咫尺虎龙争，黑白交锋运智精。
胸蕴六韬谋战阵，眼观八路布奇兵。
防攻有据徐图霸，进退无声暗觊城。
妙算招招长大气，机心步步势初成。

二

南北纵横眼渐成，虚招妙着智谋生。
且凭边角窥中腹，再搏长龙出远营。
切堵封拦棋势厚，飞冲虎顶战声惊。
弱强变化多奇诡，胜负天平左右倾。

三

移师倾力腹中征，半步昏招见死生。
善守才能趋厚利，强攻未必占先声。
顷提缘欲谋新界，巧断还须布重兵。
造劫终当期妙用，纹枰智斗乐为赢。

青城山小住

城乡封堵众心非，躲进空蒙见翠微。
山鸟啁啾岫云散，溪流宛转鳜鱼肥。
沟塍错落人临野，篱宅高低犬吠扉。
农事繁忙春水绿，回看妪叟荷锄归。

长短句

八声甘州·1977年高考上榜

1977年12月9日，余有幸参加十年"文革"后首次高考，遂进入四川大学中文系学习。

看东风骀荡暖人心，喜讯遍穷沟。
渐藩篱打破，山花烂漫，壮志难收。
一纸通知在手，草木也风流。
故国待收拾，愿赋新猷。

二月春风相伴，卅岁和少俊，学业同修。
幸诗书果腹，忝与众人俦。
叹昨日，田畴耕垄；喜今朝，学海漫遨游。
倾余力，焚膏继晷，情满神州。

汉宫春·中文系报到入学

一脸清癯，进蜀川学府，襟袖清寒。
欣然注册，意气蓬勃花妍。
书山盈目，惜黉门、梦断韶年。
叹卅岁、新生丛里，卑卑心事微单。

宿舍喜交新友，便你询我应，情直言欢。
解疑传道鸿硕，泰斗文山。
晨昏耽读，书馆里，游访先贤。
终始信，求真问学，吾曹重获新颜。

浣溪沙·我的大学生活（十二首）

一、折桂

二月春风到我家，
吹开铁树发新丫。
通知在手众人夸。

欲借瑶池桃蕊色，
还裁东岭锦云霞。
绘成一路好年华。

二、学农

风雨同耕九里春，
耘苗担粪转身亲。
少年学子气拏云。

锄地吟哦新麦绿，
登山浏览笑声频。
青春郁勃自丰神。

三、军训

日站军姿立树桩，
持枪瞄准卧斜阳。
摸爬滚打绿军装。

投弹腰肩连腕力，
举枪红靶中胸膛。
鳖皮铁骨志昂扬。

四、与子同室

地北天南聚一堂，
枕衾惯听鼻鼾旁。
此生修得寝同窗。

假日潜心临字帖，
熄灯佳话侃姑娘。
倾杯便是酒中郎。

五、听课

如沐春风动我情，
开言秦汉后明清。
诗坛千载煜群星。

学海遨游才识广，
书山勤进智珠明。
先生教诲伴终生。

六、游峨眉

峨岭俊游结伴行，
初弦留宿息心亭。
佛灯一夜听蛮鸣。

山路垂天登鸟道，
枫林似火胜丹青。
云飞金顶静无声。

七、参观地主庄园

泥塑收租颜色新，
动情讲解水牢门。
田农悄语要区分。

冷月无心编故事，
巨资办学曰安仁。
人生如戏究何因。

八、锦江文学①

学子红裙倚马才，
蛮笺象管咳珠来。
风云际会竞书怀。

白桦②芊绵惊梦鸟，
丰碑③肃穆寄民哀。
人间坎坷锦云裁。

九、游乐山大佛

崇岭千年大佛工，
三江滚滚锁蛟龙。
锦帆遥望倚云松。

---

① 锦江文学：指川大中文系七七、七八级同学于1978年12月22日创办的校内刊物，一年后停办。
② 白桦：指川大中文系七七级同学龚巧明大学期间公开发表的小说《思念你，桦林》。1982年大学毕业，龚巧明主动申请去西藏工作，在一次采访途中牺牲，被当地政府授予烈士称号。
③ 丰碑：指川大中文系七七级同学徐慧公开发表的悼念周总理的新诗《纪念碑》。

宝相庄严慈目善，
香烟缭绕信徒从。
山泉林莽听鸣钟。

十、化装舞会

面具方遮脸百千，
娇憨美艳众人怜。
琵琶箫管亦争妍。

情动宫商人惝恍，
灯随舞步影翩跹。
欢歌长夜不成眠。

十一、备考

歌舞焦桐暂止弦，
锦江文学也停刊。
一心应试各忙欢。

竹苑花朝眷笔记，
荷塘月榭背书单。
考分优秀始心安。

十二、毕业宴

劳燕分飞南北东，
停杯投箸感言浓。
依依惜别醉江枫。

一曲骊歌伤别浦，
长年陌路逐尘功。
何时促膝话情衷。

忆江南·赞家乡广汉（三首）

一

家乡美，
果树绕梯田。
烟霭轻飘千橘岭，
蝶蜂香逐百花川。
桃杏满东山。

二

家乡富，
流水溉良田。
市列珠玑商户秀，
楼崇江阁道途宽。
街市万头攒。

三

家乡灿，
最灿数三星。
金面铜人千里目，
玉琮金杖万家城。
惊艳蜀文明。

瑞鹤仙·上学去

1978年2月，余从广汉县雒城镇出发，前往四川大学中文系报到入学。

簧门负笈去。向初升朝阳，云津欲渡。
十年一朝遇。畅胸中晦气，哈声直吐。
诗骚漫与。渺狗苟，才遭人妒。
倩扶摇、志在青云，何曾小肠鸡肚。

平步。萧然颖脱，心情爽朗，亲朋欢聚。
世人争许。忝入高等学府。
仰书楼帙阁，春花相伴，老子奋笔踏去。
耻低眉、阿辞献媚，鹤翔广宇。

生查子·呼应亭

峨峨一山亭，
渺渺清风影。
势接九霄垓，
日照千层岭。

眼望绿涛平，
鸟啭溪桥迥。
天地有神灵，
八表共呼应。

过秦楼·成都九眼桥抒情

九眼横波，锦江如练，曾是通川南路。
荆襄楫橹，薛女蛮笺，唤起旧时歌赋。
堪惜石鼓石牛，藏宝传闻，不知觅处。
恰桥弓塔矢①，剑指金殿，大西惶惧。

见而今，兰棹优游，垂纶摇翠，游客喧喧江浒。
千楼堕影，万柳熏风，白鹭趁霞翩舞。
更著廊桥落虹，燕剪莺簧，蛾眉笑语。
看繁花似锦，红染春波遥渚。

---

① 见p111注①。

渔歌子·垂钓

九眼桥头岸柳青。
锦江舟摇曙霞明。
人贪早，
鸟初鸣，
老翁垂钓问鱼情。

南歌子·农家

日载山阳影，
宵肩柳月辉。
一身风露倚门归。
迎面菜香羹美，
满盈杯。

浣溪沙·樱花雨

花绽春阳竹苑东。
如霞似锦美玲珑。
怜君还与去年同。

天赋夭妍争旦夕，
风飘花雨惜嫣红。
来年斗丽再凌空。

贺新郎·写给我的知青朋友

抱志童真秀。

望前途、奋翔云霓，冀图成就。

攀月追霞心无限，文锦泥涂邂逅。

天不悯、才高半斗。

背负青春田垄去，画地球、豪气吞牛斗。

天海阔，鱼龙吼。

明堂朝笏宁无有。

挈知音、林泉啸傲，篪埙合奏。

生就云松翛然气，一片冰心淳厚。

纵飞鹤、回眸钓叟。

天毓诗情情满岭，酿一江春水为新酎。

共畅饮，杯中酒。

捣练子·诗心

书案小，
墨笺香。
开牗情丝逐景光。
捧砚吟哦诗律细，
半心欢喜半心狂。

捣练子·晨英

梅蕊细，
露华长。
湖畔篱旁吟曙阳。
一瓣红英飘几案，
薛笺书帙尽生香。

江城子·炼钢

1958年，达县师范附属小学操场上修起小高炉炼钢，我们高年级学生被派往铁山担煤，往返四十公里。

少年学业半抛荒。
十龄郎，上荆岗。
铁岭担煤，炉火矗操场。
门锁铁环齐上缴，
洪炉里，冀成钢。

浓烟滚滚众生忙。
拆床梁，喂炉膛。
炼出铁坨，全校喜洋洋。
捷报一张锣鼓送，
红绸舞，笑声长。

高阳台·寒假去渠县三汇镇看父亲

1961年寒假，余从达县中学出发，步行至赵家，偕母亲转道渡市，乘船前往渠县三汇粮食转运站。离开赵家时，日已西斜。

榛路崎岖，霜风阵阵，暮寒渐透行囊。
云暗天低，林峦起伏苍黄。
想家人火炉汤暖，举风灯，凭槛凝望。
路迢遥，犬吠声稀，地僻田荒。

蒹葭摇曳朦胧影，似幽灵隐现，缭乱飞翔。
莹火鸱鸮，啼碎步履彷徨。
道艰心寄光明处，盼夜阑、曙照新阳。
看流星，划破苍穹，伴我归航。

解语花·铁山担煤

1962年9月，余入读达县中学高中。每周劳动一天，常往铁山担煤，早出暮归。

肩挑缺月，影落蒹葭，人瘦身形小。
跌跄泥草。雾浓淡、晨露冷侵衣袄。
山崖陡峭。闻鸟啭、野篱犬叫。
左右肩，红肿难消，磨破生新泡。

时过废庐圮灶。望荒林远岫，迷途心扰。
筐篾煤少。力难耐、踽踽苦行谁告。
榛芜水淖。岭连岭、崎岖迢渺。
眙校园、暮色苍茫，疲累忘饥饱。

醉太平·辞别达县

1967年10月，余回达县拜望老师，尔后乘船去
渠县三汇镇，同学送至码头。

秋波绿汀。
江帆远行。
依依泪别盈盈。
听歌吹达城。

参差落英。
晓风晚灯。
关山驿路伤情。
更嘤嘤鸟鸣。

浪淘沙双调·豆蔻年华

风雨几重天。
喇叭声喧。
浪潮漫过李桃园。
越岭翻山南北走，红袖联翩。

垄亩写新篇。
豆蔻韶年。
青春失学远家山。
血汗浇开粮麦熟，珠泪阑干。

忆王孙·草木篇①

堂堂七尺忆流沙②。
冰雪丛中草木花。
劫后余生笔未斜③。
志情赊。
不负人生节义华。

---

① 草木篇：系诗人流沙河1957年在《星星》诗刊第一期发表的组诗。

② 流沙：流沙河。

③ 笔未斜：20世纪70年代末，流沙河又开始发表诗作。其《故园六咏》获"1979—1980年全国中青年诗人优秀新诗奖"。1983年，其《流沙河诗集》获中国作家协会第一届全国优秀新诗奖。

天仙子·学痞

学问搭桥期服冕，
冷斋矻读旬年满。
阿颜攀附逐声名，
德非远，
人无腆。
贿利贪金难自返。

天仙子·钓誉

学殖平平半世秋。
墙头风中乐不休。
清流雅俊耻相俦。
阿富贵，
竞权谋。
翻覆无行国士羞。

水龙吟·杏花雨霁愁眠

杏花雨霁愁眠，懒看浊世尘缘陋。
蝇营狗苟，巧言善媚，荣升占秀。
外表经纶，内怀淫靡，疾徐曝漏。
落红飘茵处，坠楼时现，千夫指，皮囊臭。

民庶自然生诟。竟联翩，弄权贪朽。
初心何在，败纲乱纪，不知收手。
天网恢恢，黄金豪宅，岂能安守。
待香消，一点恩怀了断，奈何消受。

忆王孙·重阳

沿溪拾级上高岗。
今又重阳思故乡。
鸿雁南飞渡夕阳。
举琼浆。
野菊花开蕊正黄。

章台柳·又到菊香

波縠平，
关山远。
锦水连天九霄雁。
忆昔秋江道别离，
盼得年年菊香断。

浣溪沙·一天

几树啁啾啼晓莺。
芙蓉花外柳风轻。
聊天购物好心情。

万里烽烟闻战鼓,
五州豪客话和平。
开轩磨砚老书生。

如梦令·送蔬粮

岸柳和风飘荡，
雨霁春江水涨。
小艇送蔬粮，
满载姑娘期望。
摇桨。
摇桨。
一路山花怒放。

霜天晓角·山农

枝头小鸟。
美睡窝中觉。
东岭一声鸡唱，
锄荒去，人勤早。

南山猴菌俏。
北坡粱菽好。
溪畔笋肥苗壮，
善致富，人称道。

如梦令·参加同学婚宴

台上乐音回荡。
华宴嘉宾欢畅。
斟酒俏新娘，
粉面含羞微绛。
鼓掌。
鼓掌。
笑语歌声浏亮。

浣溪沙·恬静小院

风静云恬鸢尾天。
花开篱院竹翛然。
曙光初照小窗轩。

燕语呢喃莺语细，
鬓丝斑驳意情闲。
新诗涂就墨痕鲜。

蝶恋花·拦洪

遥夜风狂携雨注。
电闪雷鸣，浩浩东流去。
疾浪飞湍势如虎。
浮沉卷走牛羊黍。

斩蛟应取开天斧。
筑坝拦洪，锁住龙头路。
此去喧阗截流处。
平湖潋滟翔鸥鹭。

蝶恋花·望江公园品茗

修竹丛中飞笑语。
岸柳清波，香茗留人处。
曲槛春阴笠翁驻。
银纶垂钓长竿舞。

晚霞照水轻舟渡。
弦乐声声，白鹭翔江渚。
茶叙匆匆人归去。
暝烟散尽霓虹举。

鹧鸪天·农家乐

山乡妹子一枝花，
热情邀我进田家。
香醪添味胜红酒，
腊肉煎椒佐豆瓜。

开笑口，乐全家。
琴棋牌九日西斜。
临行道别轻声语：
记得还来就菊花。

鹧鸪天·梧桐林

风雨凋残梧桐林。
嘤嘤啼嗪凤凰音。
地生荆棘难伸气，
天降霜霖锁积阴。

峰岭外，管弦沉。
林中鸡鹜尚欢心。
山间魅影风中舞，
一哕清吟霾雾深。

点绛唇·广汉老屋

2001年，父亲来蓉。广汉市临河房无人居住，开始颓败。

风雨经年，
临江老宅门窗朽。
墙倾屋漏。
锁钥斑斑锈。

忆昔窗前，
金雁翩翩秀。
人去后。
庭荫依旧。
空落虫蛾斗。

桂枝香·家居竹林村

竹林吾土。
正雨霁天青，鸟啼云曙。
锦水悠然绿绕，玉兰盈圃。
千竿凤尾迎朝日，趁霞光，一天鸥鹭。
柳亲人面，花香幽径，此心安处。

叹冠冕，人多舛误。
竟狗苟蝇营，奢靡贪腐。
蜗角争权贿利，陷身囹圄。
坐观世事风云色，白衣苍狗有天数。
心无俗念，只须冷眼，蔑红尘鼠。

双双燕·别情

柳丝又绿，误情种，桃花此门难诉。
佳人道远，渺渺阆风[①]何处。
危阁凭栏楚楚。
眙鸥鹭，联翩江渚。
黄昏缺月帘栊，断想秦楼[②]歌舞。

愁绪。悠悠亘古。
聚与散，人间别情离苦。
西窗音杳，又遇一天风雨。
鸿雁云天不渡。
听莺燕，喃喃温语。
花庭竹掩云帆，流向海天深处。

---

① 阆风：又名阆风巅，位于昆仑山巅。传说中神仙居住的地方，喻指佳人住处。
② 秦楼：传泰穆公为女儿弄玉建的凤楼。

点绛唇·静处

轩静花舒，
风含翠竹摇清露。
云笺独处。
寂寞潇潇雨。

砣砣经年，
流景空辜负。
鬓星驻。
韶华暗度。
犹自贪书赋。

点绛唇·晚读

听荷池旁，学子们流连读书，图书馆灯火辉煌。

柳畔荷塘，
捧书学子流连暮。
华灯初露。
走过盈盈女。

书馆堂堂，
满座无虚处。
青春度。
才情不负。
天遣文章著。

解佩令·下乡当知青①

马蹄得得，叩响地面。
晓寒轻，浓雾渐散。
鞭指松林，独自个，满腔宏愿。
诗情浓，雅吟半卷。

前方桃岭，一溪梦幻，
忍回看、徒惹狂赞②。
此去经年，识风雨，身心锻炼。
落平川，稚羽未断。

---

① 下乡当知青：1965年7月，余高考名落孙山，为自证红心一
颗，放弃达县专区劳动局安排的工作，回广汉县下乡务农。12
月25日晨，余只身携户口簿乘马车前往松林公社农场务农。
② 狂赞：当时，余高中毕业且有工作安排还愿下乡，被当作先进
事迹被县广播电台宣传了十多天。

柳梢青·身在农乡

山石嵯岈，草深路滑，
身在农家。
雨后残阳，桃衰李瘦，
步步泥洼。

一厢情愿①堪嗟。
望眼处，层峦叠遮。
七里香消，桃源梦断②，
晚树栖鸦。

---

① 一厢情愿：指余放弃达县专区劳动局工作安排，自愿回家乡
广汉县下乡务农一事。
② 桃源梦断：广汉县松林农场宣传养蜂、养蚕、种植果树，让
人联想到苏联著名园艺学家米丘林的故事。1967年，农场难以
为继，人员分散到各公社插队落户。

桂枝香·车水抗旱

1966年春，松林农场五十亩小麦地干裂起尘，连夜组织车水抗旱。

艳阳高照。
正春旱连绵，禾苗枯槁。
田垄尘扬土裂，郁愁萦绕。
水车①立置溪沟畔，保苗提水须趁早。
踏轮飞转，炊烟袅袅，青春欢笑。

月光下，珠飞玉跳。
渐汩汩清流，淌过田表。
倦卧蓬蒿，欲寐曙光临晓。
吱扭龙骨连宵响，垄畴滋润墒情好。
人心转喜，新芽绽绿，力勤耕早。

---

① 水车：指龙骨水车，其中又分脚踏水车和手摇水车。这里指脚踏水车。

苏幕遮·收工遇雨

小春沟，松岭路。
风雨连天，惆怅人何处。
寂寞山乡烟柳暮。
一夜寒灯，魂梦桃源渡。

水空流，云不住。
头顶苍穹，日月耕无助。
地里稻粱珠汗付。
爆竹声中，还惜韶华误。

点绛唇·麦收天

麦穗飞花，
南风吹出黄金坝。
开镰立夏。
收割亭江野。

田陌阳光，
绘出丰收画。
汗雨泻。
麦堆车马。
笑向村中驾。

苏幕遮·红五月

米锅烧，盐碟叠。
天曙收工，苕饭忙忙咽。
布谷催耕啼唤切。
溪畔沟塍，犁耙从头越。

老三篇，红五月。
挥汗栽秧，割麦腰弓绝。
日炙山川何太热。
焉得羲和，驱赶金乌歇。

鹧鸪天·知青院

鸡屎猪粪满地生。
茅檐风雨独凄清。
春风不染庭花绿，
夙志难伸道路倾。

贫有节，学缘情。
腹涵山海气长平。
篱笆墙上冰霜结，
绿树丛中喜鹊鸣。

苏幕遮·野蔷薇

麦收仓，衣满土。
一朵蔷薇，篱落开无主。
惆怅天涯无限路。
水阔天高，偏向犁镰苦。

虑三餐，愁几度。
梦里青春，岁岁空辜负。
美丽家园人远去。
布谷声中，又是斜阳暮。

更漏子·花季

学一程，思一路。
花季偏迎风雨。
破四旧，斗资修。
清溪入瀑流。

书标语，跳忠舞。
不道青春虚度。
辞城镇，下农村。
山花空惜春。

江城子·当知青那些年

酸甜苦辣垄耕忙。
麦苗苍。菜花香。
割麦栽秧，冉冉雨昏黄。
消尽青春华梦在，
茅檐矮，篾笆墙。

僻乡农事日悠长。
理苕厢。上公粮。
地瘦苗枯，砾石绕瓜梁。
薄粥一锅酬永夜，
花结实，鬓添霜。

酒泉子·清秋

风冷霜消，
黄叶翩翩溪柳瘦，
池塘留影雁声悠。
又清秋。

村头场净谷粱收。
野菊插头香满袖，
笙箫吹月绿醪稠。
乐清秋。

踏莎行·茅舍盼

金角村①中，亭江河畔。
殷勤一梦黄粱断。
田头茅舍度青春，
年年怅失莺花烂。

憧憬无边，流年难唤。
云遮雾障家山远。
迢遥心绪盼春阳，
春阳偏照红楼院。

---

① 金角村：位于广汉市金轮乡，石亭江畔。原名一大队十一队。当年松林农场难以为继，余被安排到此村插队落户。

汉宫春·涝灾自救

1975年夏，余在生产队劳作。暴雨连天，路桥被淹，遂与社员一起抢险排涝。

电闪雷鸣，听飙风阵阵，雨幕无边。
茫茫水天一片，稻穗倾翻。
丰收在望，却偏遇、水漫金山。
闻队长，高呼救灾，迎头风雨连绵。

老少齐心抢险，看男人挖堰，妇女培田。
家家呼儿唤女，保我家园。
洪涝消退，泥水中，又起炊烟。
村夜静，儿童笑靥，梦中美丽明天。

水调歌头·垄亩思

无眠问苍昊，纷乱几时明？
苍天无语，一弯钩月照流萍。
村野朦胧睡去，飞雁惊魂声杳，心事独谁听。
月移竹窗影，花落砌虫鸣。

舟无楫，津难渡，百事倾。
汗挥垄亩，前路飘渺了无凭。
理想海光蜃景，绮志邯郸枕梦，辗转郁愁生。
莫话农桑事，遥望故山青。

相见欢·茅屋书灯

西风遥度青萍。
听虫鸣。
茅屋凄清孤枕伴书灯。

喝苕粥。
种粮谷。
冀新生。
一考扶摇舒羽起鹏程。

破阵子·那年，1976

我在田畴锄举，
人攒天阙旗妍。
总理溘然星陨落，
纪念悲吟诗剑篇。
风嚣长夜寒。

霾雾九州清扫，
长安窃国颠翻。
高考通知开绮道，
进退穷通有宿缘。
心期热泪弹。

汉宫春·雨夜听箫

箫管声哀，问何人梦断，何梦能圆？
平畴雨雪道阻，抱枕愁眠。
青泥奋鬣，误征程，棘路盘桓。
抬望眼，依依风柳，落英飞絮蹁跹。

休道舛途梦魇，撷锦江翰藻，点翠摘丹。
傲骄七七才俊，幸忝其间。
凌云亮翅，龙入海，凤舞长天。
难忘却，蚊蝇虫蟒，曾经嘲哳喧阗。

虞美人·龙泉花果山

今年东岭阳光好，
处处花开早。
村南舍北杏桃红。
蜂蝶飞飞翩眇弄春风。

花光旖旎游人醉。
果硕枝头坠。
绿披红绽溢芬芳。
布谷声声流丽啭山乡。

霜天晓角·青春校园

燕剪春光。
青衿出课堂。
金盏菊开香绕，
一簇簇，绣成行。

钟楼歌声扬。
绿茵球赛忙。
林道浓荫深处，
人寂静，读书郎。

菩萨蛮·班花

芙蕖一朵迎风俏。
扫眉才子般般好。
窈窕性温柔。
慧心功课优。

吟哦清婉调。
跳舞舞姿妙。
顾盼吐莺声。
花容秋月明。

满江红·各耀一方天

2012年7月13日，中文系七七级毕业三十周年聚会。地点，大邑县道源圣城。

桃李芳菲，重聚首，情浓岁晚。
喜鬓星，逸怀浩气，神光晶璨。
风雨云程征战疾，书山学海踌躇遍。
骋奇志，衣锦庆云归，风流惯。

春秋史，杯中看。
穷通路，文章焕。
漫赢得，域中龙凤良愿。
邻桌同窗何遽忘，天南海北齐相勉。
道有别，各耀一方天，人欣赞。

瑞鹤仙·致敬我的同学龚巧明①

——珠峰上一朵盛开的雪莲花

俏妍珠峰畔。喜披风冒雪，猗猗香绽。
倾情爱心献。扶藏胞才俊，赤诚一片。
慧心宏愿。鲲鹏翅、师生欣赞。
咏絮才、情思窈眇，白雪②火焰光烂。

文焕。回眸七七，桦林③论文，言笑晏晏。
放歌莺啭。声犹在，人已远。
恨天公不悯，文星陨落，时忆云笺芳翰。
问雪原、经幡飘处，客魂可返？

---

① 龚巧明：四川大学中文系七七级学生。1982年毕业，主动申请
去西藏工作，在一次采访途中牺牲。被当地政府授予烈士称号。
② 白雪：指龚巧明在西藏创作的散文《那雪，像白色的火焰》。
③ 桦林：龚巧明大学期间公开发表的小说《思念你，桦林》。

行香子·麻柳公社抗旱

1961年5月，余初中二年级前往达县麻柳公社劳动一月，时逢天旱缺雨。

旱魃腾空，热浪焚岗。
久无雨，地裂禾黄。
沟渠水断，民怨心慌。
稼穑违时，小春误，大春荒。

斗天自救，村村帮互，
置水车，掘井修塘。
桶盆传水，列阵堂堂。
夙夜鏖战，腹中馁，志昂扬。

水调歌头·我心如明月

我心如明月，风雨宅边陬。
少年痴立鸿愿，沧海擘云游。
投笔请缨无处，茅舍书空咄咄，心事诉难求。
溅溅门前水，岁岁稼穷丘。

男儿志，走四海，带吴钩。
鸡鸣起舞，终岁垄亩负春秋。
冀盼雪融冰泮，姹紫嫣红开遍，学子壮怀酬。
绮梦终能觊，杲杲照神州。

千秋岁·春晓

朦胧一觉。帘外人欢笑。
青春脸，焚书稿。
钟情抄语录，心志随鹏鸟。
情难料，荒原耕垄寒风早。

小鸟啼春晓。梦断心还跳。
芸窗外，阳光照。
流年尘劫尽，日里科研妙。
繁花簇，人间岁月风光好。

谢池春·蜘蛛

夜色将消，莺啭曙天花俏。
毽球飞，儿童笑闹。
旧墟屋角，恰阳光难照。
有螨蛸，喜幽幽好。

逡巡织网，兀自凭虚高蹈。
待螟蛾，飞来报到。
横行上下，独逍遥无恼。
网中居，不知昏晓。

西江月·1993年1月
家乡广汉大雪

雨雪纷纷上下，
阡陌隐隐横斜。
琼枝玉树冻梨花。
弥望川原如画。

覆盖千村院落，
滋生万户桑麻。
儿童笑垒雪娇娃。
翁媪深怜农稼。

谢池春·俏红梅

雪虐风饕，玉骨压冰开早。
沐晨光，红颜绿袄。
亭亭玉立，向西风斜照。
问青娥，比谁花俏。

凌霜斗艳，露钿云鬟霞貌。
睨群芳，娇容悴槁。
风姿绰约，恰香魂缥缈。
似仙姝，绽盈盈笑。

满庭芳·鸣沙山游吟

势接昆仑，寒侵碛壑，晴空万里云闲。
驼铃摇梦，丝路越千年。
西去敦煌宝窟，四十里，金浪连绵。
须晴日，雷鸣隐隐，杀伐鼓连天。

传闻西破虏，汉军喋血，兵掩沙山。
叹将士，忠魂犹自雄边。
今我来游此地，传奇事，辗转年年。
铭心魄，英灵不朽，千载出奇观。

西江月·江晚

一局残棋战久，
半杯绿茗飘香。
竹林江畔看斜阳。
钓叟垂纶波漾。

暝色暗惊鸥鹭，
霓虹漫衍霞光。
廊桥入夜更辉煌。
闲听美姑弹唱。

雨霖铃·别友人

依依情愫。客亭丝柳，不挽离苦。
车轮历历目断，骊歌一曲，声声期许。
万里关山迢递，杳盈盈温语。
怅别离，回首华容，曲岸流觞斗诗赋。

曾经共赏莺花路。畅西川，踏遍三江渚。
而今绮窗冷月，花影外，几声孤鹜。
荏苒星霜，多少鱼书雁字空付。
看画栋，紫燕双飞，竟惹春心妒。

西江月·三轮车摊

街砌三轮小驻，
姑娘炉火繁忙。
辣香口味百家尝。
叫卖声声浏亮。

大嫂一斤蛋卷，
小哥两碗梅汤。
麻圆油炸色焦黄。
入口神清气爽。

西江月·望江公园里的大爷大妈们

靓女帅哥麇集，
红妆翠袄馨香。
竹林深处管弦扬。
燕舞莺歌欢畅。

男嗓高清声美，
女音温婉情长。
合声雄壮绕幽篁。
游客心花摇荡。

高阳台·天鹅湖之恋

雪麓天山，泉流草甸，天鹅美丽家园。
湖沼连波，水浸云影晴澜。
相依相伴粼波静，漫浮游，交颈缠绵。
不分离，霜羽冰心，情满沙滩。

曾闻多少长门事，许终身亲爱，厮守贪欢。
说尽风流，几人能绍衷言。
你恨我怨难偕老，又何堪，付与辛酸。
竟何如，碧水天鹅，相伴年年。

念奴娇·乔迁"家天下"

2019年3月，余在江安河畔购得"家天下"电梯住房一处，以解年老力衰之恼。

江安河畔，号家天下者，老夫居处。
曲岸高楼平地起，绿水汤汤萦护。
西圃栽兰，东篱植菊，三径通门户。
四时花发，暗香衾枕流布。

更有夏木阴阴，熏风拂面，鸥鹭翩跹舞。
濯足江安杨柳下，风静水清云渡。
盈耳莺声，悠哉花海，缥缈缕云府。
诗书消日，管他燕赵秦楚。

沁园春·致青春

五十年前，昔我年少，天性端方。
正壮心如霓，偏遭风雨；前程似锦，却赴农乡。
金角村贫，茅檐人独，岁岁耘田滚地梁。
犁锄尽，惜韶华空付，野草斜阳。

莫言世道彷徨。叹命蹇，半生梦魇长。
恨壮怀负我，痴心难改；犁耕度日，鬓发微霜。
道阻黉门，船迷津渡，嫩羽无由续断航。
潮难静，又风烟四起，翻覆苍黄。

望海潮·名利场

春晴秋晦，熙来攘往，白衣苍狗繁华。
官道溺浮，情场苦渡，踵前继后倾家。
走马似灯纱。哂人间蝇虎，蜗利堪遮。
攫富贪权，穷通翻覆竟无涯。

从来贤窳堪嗟。叹昭君落寞，越女穷奢。
玄武阋墙，乌台惨案，斯须揩绂泥花。
清袖藐荣华。腹笥千百卷，自爱无加。
名利空空槐梦，风雨涤烟霞。

雨霖铃·波澜人生

生来命咎。叹春秋误，壮志难就。

天街风雨未霁，波翻浪涌，哓哓声吼。

婴女乘风曼舞，积冰旬年厚。

更锁钥，门掩春光，故国花妍迟开久。

长安或愧华堂秀。遍人间，倥偬雷霆斗。

前途缥缈雪阻，垄亩下，命如刍狗。

地暖冰消，方酿人间蒂荸春酎。

笑鹤发，神采嫣然，手把梅花嗅。

贺新郎·篱落边，一树梅花乍开

蓓蕾盈盈吐。
带清风、妆红扮紫，粉云凝露。
红曲栏杆无人问，不与群芳争舞。
篱墙外，乱鸦聒絮。
尘世风波藏暗屿，棹舟人，蹈海人相妒。
自亘古，贤才误。

人生阅尽无头绪。
望蘅圃，彩蝶戏蕊，娇莺啼树。
余自闲情观花妍，书画琴棋堪付。
耻冠冕，名来利取。
看惯灯红牢笼暮，竟不如，濯足沧江去。
亲荤彩，邀鸥鹭。

八声甘州·命运之舟

看大江南北起风烟，红绿走神州。
渐霜风凄紧，洪潮漫卷，疾浪吞舟。
标语红旗如画，老少竞风流。
人在漩涡里，空自绸缪。

难忘瓮中匮乏，忍枵肠辗转，反帝批修。
叹浮生遭际，何处稻粱谋。
盼明朝，科场选秀，又风云涌动批儒丘。
无良序，瞻前途渺，莫倚危楼。

永遇乐·知青年代

万岭丛中，莽原戈壁，青春流遍。
娇小身姿，童音未泯，垄亩家山远。
嫩肩挑起，一天风雨，谙尽人间苦难。
脱清了，天真稚气，睁开阅世双眼。

雾重千里，血汗砥砺，道路颠顿多变。
黑土犁耕，胶林割乳，夜夜乡魂断。
卢生枕梦，何时梦觉，逝水流年迷乱。
幸除却，祸国帮派，一声浩叹。

新雁过妆楼·南海风云

天地苍黄。

风云际、霾雾骤起南洋。

舰机齐发，星夜蹈海礁梁。

宿友喧嚣风雨恶，庙堂稳控策筹良。

有天狼，枕戈倚剑，棘路长航。

五洲枝梧扰攘。

正暗流滚滚，左右彷徨。

酒朋币友，难与款接涵商。

凭栏关山万里，看华夏骎骎新乐章。

横沧海，渐西风缥缈，固我南疆。

望海潮·电视剧《觉醒年代》观后

茫茫寰宇，央央蒙昧，探寻真理书生。
文化革新，青春理想，潜心启迪愚冥。
长夜炬高擎。怒涛卷南北，指路明灯。
扰扰思潮，独秀京沪唤龙腾。

神州万马齐鸣。擘弥天浊雾，大地膻腥。
贫弱百年，遒思一脉，蒸蒸民众跟行。
一步一雷霆。挥剑开天地，迎接黎明。
先觉躬身伟业，一世救民情。

水龙吟·遣怀

斜阳去岭匆匆，槛外笛歌人依旧。
锦江鹤起，霓灯照水，薄寒气候。
南圃青松，牖前梅竹，经霜绿透。
合邀朋聚友，谈诗品茗，达宵旦，情交厚。

闲看利名争斗。有秦城，由他消受。
须离奢竞，与盟鸥鹭，清清两袖。
花落雁归，春秋千祀，楚魂难朽。
但长歌痛饮，红颜笑我，仍浓情又。

一剪梅·游彭祖山

一带江流绕碧山。
花繁香径，烟袅松渊。
疏林远岫转蹊迷，
犬吠柴门，鹭影秧田。

情慕高贤踅步先。
平潭观鱼，萧寺凭栏。
三根香烛许平安，
帆落江霞，风冷僧轩。

木兰花慢·遣怀

华章书秀简，风骚雅，汉诗遒。
叹李杜辞章，珠玑黼黻，壮志难酬。
更惜乌台诗案，际风刀霜剑似穷秋。
片片飞花摧落，嫣红姹紫难留。

人生曲意度春秋。闲把史书瞅。
怅楮墨招累，穷通进退，命定无由。
雾锁云横看惯，念人间乱象几时休。
待把才情消尽，躺平不再烦忧。

水调歌头·怀旧

人老故人远，往事几回眸。
红颜才俊初识，同学四春秋。
荷柳池边早读，寝角床前奋笔，甘苦自淹留。
争座图书馆，备考望江楼。

振金翅，赴四海，壮怀遒。
梅香心许，情寄松柏令名修。
卅载风霜雨雪，转瞬青丝白发，风定眷林畴。
意气犹评左，高议絮难休。

菩萨蛮·才女薛涛

吟诗楼夜朦胧月。
万千心事何人说。
香墨润红笺。
诗骚醉酒眠。

浮沉千古笔。
珠泪衣衫滴。
日夕与鸣鸥。
愀然梦里秋。

锦堂春慢·望江公园茶聚①

凤尾森森，江楼水榭，唐风柳韵清嘉。
青冢诗碑幽处，一代风花。
绿绕笙箫歌扇，红披妖媚娇娃。
看荷擎伞盖，溪棹兰舟，笑语喧哗。

人来人往曲槛，有清风拂面，杯盏横斜。
谈笑锦江②兴废，历历堪嗟。
指点江山意气，径化作，星鬓霜华。
兴尽悠然归去，三两摩肩，走进烟霞。

---

① 茶聚：川大中文系七七级在蓉同学，每月茶叙一次。有外地
同学回蓉，便具晚餐洗尘。
② 锦江：川大中文系七七、七八级同学于1978年12月22日创办
的校内刊物《锦江文学》。

满庭芳·中国大妈

舞翠摇红，浓妆艳服，鬓丝轻染霜华。
嘻嘻麇集，笑靥灿明霞。
甩袖踏歌起舞，街场上，炫酷生花。
琴音起，芳华流淌，笑语满天涯。

年年，如彩蝶，五洲四海，结队喳喳。
旅梦遥，巴黎纽约西沙。
我秀我型我乐，竞绽放，生命光华。
飞鸿势，仰天揽月，五彩展巾纱。

扬州慢·中秋怀人

2012年7月，大邑县道源圣城川大中文系七七级毕业三十周年聚后，又是一年中秋。

蟾月如盘，辉光满地，匆匆又到中秋。
念同窗羁旅，各奔北南洲。
自别后，流光暗转，桂华常有，人事难周。
问何时，海天归一，歌笛同讴。

倾觞兴起，惯常叨，半世何求。
冀心体居安，前途通达，后辈人优。
相册音容犹在，随翻检，岁月悠悠。
只窗前圆月，年年似带离愁。

望海潮·梦升起的时候，1978

藩篱冲破，坚冰融化，蓬蓬大地春光。
思想自由，灵魂躁动，立新除旧图强。
改革大旗扬。实践验真理，告别彷徨。
纠错平冤，团结一致谱新章。

簧门开考堂堂。看程门立雪，学子神扬。
鹏搏九天，龙腾四海，人人个性重张。
科技铸辉煌。浴火新生路，巨舰开航。
一路嫣红姹紫，采采换新妆。

贺新郎·怀念20世纪80年代

风雨韶华误。

灭妖氛、大江南北，旌旗挥舞。

春到人间花翻彩，科技生龙活虎。

抓经济、城乡致富。

改革大潮谁挡道，划藩篱、真理文章助。

学理化，重诗赋。

九州生气人才聚。

敢下海、创业图强，奋驱迷雾。

涛打船头千帆竞，奇迹创新无数。

拓荒路，不辞辛苦。

高铁航天添瑰史，御东风、揽月擎天柱。

为梦想，不停步。

水调歌头·情惘

家山迢递远，日月若川流。
不知情寄何处，鱼雁往来愁。
少负青春理想，怀抱诗情画意，赍志赴穷丘。
阡陌多荆棘，风雨度春秋。

饶梦想，路坎壈，志空遒。
朝耘夕耙，何事岁岁苦淹留。
半壁清辉照我，青鸟殷勤何处，孤枕听啁啾。
千里月明在，清梦远河洲①。

---

① 河洲：《诗经·周南·关雎》："关关雎鸠，在河之洲。"

永遇乐·除四害之上山驱雀[①]

倾郭倾乡，千军万马，奔赴林嶂。
官学工商，移师麻雀，战阵声嘹亮。
军中筹策，山头传令，布下地罗天网。
一声喊，山山呼应，连营百里雄壮。

妇翁齐吼，鞭炮齐炸，弹矢鼓锣齐响。
飞往何飞，躲无处躲，浩劫从天降。
惶惶南北，天命何殛，魂断谷渊榛莽。
漫山野，人潮似海，声威浩荡。

---

① 1958年，达县（今达州市）除四害，全民上山吼麻雀。

满庭芳·云之想

某天，街头偶遇一女生，回眸一笑，翩然而逝。头上，一朵彩云飘过。

奕奕彤云，悠悠飘过，羽衣梦幻霓裳。
华容舞破，变幻俏模样。
犹似伊人笑靥，掠秀发，绾结明珰。
自来去，天妍婀娜，宛转向何方。

回眸，如眷我，依依缱绻，难舍回肠。
曳长裾、含颦似有离伤。
我欲忘情追去，挽那朵，云想姑娘。
风难禁，杳然消逝，久久看斜阳。

扬州慢·除四害之进村灭鼠①

锣鼓锵锵，队旗猎猎，少年威武堂堂。
进山乡院落，睹墙圮花黄。
眙草垛、依田傍树，鼠窝暗寓，不待彷徨。
一挥旗，蜂拥齐上，如赴戎场。

掀翻草垛，鼠狂逃，左右仓皇。
看众志成城，围追堵截，赳赳昂扬。
踏遍水村山寨，欣欣有，豪迈荣光。
竟不思风雨，田家怎样收场。

---

① 1958年，达县除四害全民灭鼠。社队田边屋旁草垛有鼠窝。
我们小学生的任务就是下乡拆草垛灭鼠。

西江月·大雪落蓉城

2021年1月7日，蓉城大雪，路上行人稀少，家人欢聚一堂。

大雪突侵昏晓，
小儿毅赴商场。
相呼相唤美厨娘。
母女笑声荡漾。

炉火慢蒸鸡鸭，
俎刀脍切牛羊。
一杯老酒热中肠。
不惧气温骤降。

贺新郎·躲病毒

恶疫全球窜。
宅家门，管弦声绝，诗书相伴。
亲友呵呵屏聊盛，仿佛笼中鸟啭。
莺啼柳，自由堪恋。
鸿雁高飞南国去，渐杳然，缥缈人殊羡。
冀病疫，早消断。

人间三月莺花烂。
欲踏春，青山揽霞，域中觅馔。
游罢金沙游峨眉，饿食过桥米线。
又想啖，火锅肺片。
蜀北川南风光好，向九州，容我逍遥遍。
心跃跃，海天见。

锦堂春慢·中州雨涝

2021年7月21日，中州地区暴雨成灾。隧道被淹，人或为鱼鳖。

暴雨连番，江河倒挂，堤倾浪卷中州。
千里沟塍毁损，水漫车流。
政惰人庸无作，或与鱼鳖争泅。
惜魂归冥府，生死茫茫，两隔茔丘。

宅妇犹自祈祷，正娇儿待哺，望雨怀忧。
绮愿常难遂意，天也难周。
窃恨招魂无术，魄已逝，难聚莺俦。
比翼如今梦里，款曲情长，更与温柔。

高阳台·心语

蝼首蛾眉，冰容燕语，凌波立地光华。
咏絮才高，文章锦绣人夸。
悄然心动幽相许，又奈何，咫尺天涯。
羡莲荷，虹雨声中，蒂结双葩。

笛鸣一响迢遥远，看尘随车去，水隔云遮。
徒眙池鸳，相昵共度清嘉。
云中锦字何时雁，叹鬓星，空自嗟呀。
更啼莺，暮啭西窗，月度平沙。

渔家傲·俄乌风云

烽烟滚滚来天半。
虎贲突袭机场乱。
城郭路桥轰炸遍。
山河颤。
无辜百姓流离散。

巧语雌黄迷众眼。
乌东克岛情难断。
世界和平黎民愿。
大棒现。
核云压境人争战。

解语花·筹备毕业四十周年聚

2022年2月，川大中文系七七级成都同学商讨毕业四十周年聚会事宜。赋此。

轻寒拂面，曲柳萌金，春波冰相泮。
萼梅乍暖。曦霞照，悄立溅溅水岸。
流云遮雁。或携有，锦书一片。
思友朋，浓墨绯笺，细说身康健。

忆昔岷峨游宴，看衣红钗翠，人比花灿。
笙箫歌管。意浓处，顿足耸肩舞扇。
欢情易散。长相盼、携诗相见。
既卅年，重聚音容，为我今宵愿。

贺新郎·宅中日月

宅宅非情愿。
怅春秋，疫情如虎，社交中断。
亲友哀荣都难聚，惴惴心悬一线。
黄泉路，离人不远。
四海咨嗟多疫耗，况耄年，骤起黄昏怨。
生死劫，人人叹。

恨它病毒生新变，
惜生命，脆弱不堪，疫苗苦短。
商店餐厅多关门，利润精心盘算。
戴口罩，不添新乱。
天下众生齐携手，更一心，共把安全唤。
经济起，人惊羡。

雨霖铃·春晓

园禽啼早。喜红阳昱，锦水青绕。
流莺枝上顾盼，嘤嘤细语，情深悠渺。
砌下荼蘼花发，赋深浅娇俏。
看次第，樱绿桃红，小院风光景天好。

壶中日月乾坤妙。叹人间，碌碌江湖道。
蝇营狗苟寻乐，贪物欲，一生虚矫。
未若沧江，垂钓扁舟，欸乃昏晓。
恁免却，利禄流连，世事催人老。

念奴娇·登望江楼

江楼日杲，看熏梅染柳，花趁风暖。
过眼繁华如逝水，矫翼春莺流啭。
学泮词庭，书盈帙累，翰海人勤勉。
薛笺终老，绮窗诗瘦韵浅。

守拙惯与书亲，浮名付与，溪桥山花烂。
愁绪来时徒饮酒，梦枕襟寒香断。
流水年年，锦帆绿映，偏向蓬山远。
何人能解，遥岑飞翮云雁。

汉宫春·念远

岸柳风清，渺锦帆远影，心事阑干。
江城日暮，崇阁倒压波澜。
归巢燕子，竟相与，昵语危椽。
空念远，天南海北，飞花疑似瑶笺。

惆怅离情别绪，记长亭折柳，衣袂萦牵。
流年逝水人杳，难忘韶年。
征鸿目断，时念伊，鬓发皤然。
终又是，风云前路，会须笑捻花前。

破阵子·张牧筠同学将回枫国

2023年10月14日，张牧筠同学特来参加望江公园茶聚道别。

才女将回枫国，
江楼相聚春容。
笑靥如花青眼媚，
话语真诚情意浓。
流连听晚钟。

今日乘风飞去，
何时再见归鸿。
莫道美洲风景好，
难比蓉城桃杏红。
依依竹苑东。

永遇乐·股海弄潮

上证指数从2022年7月5日开始，从3404.03点一直跌到2023年10月20日的2983.06点。创业板指数从2023年1月30日的2661.28开始，一直跌到2023年10月20日的1896.95点。

红绿参差，荧屏闪烁，难测深浅。
股票投资，心期盈利，聊补添储罐。
幸为韭菜，情牵指数，祈愿走高走远。
叹均线，潮生潮落，刀口舔血心颤。

行情不振，经济减速，还被恶庄欺骗。
大量融资，年年抽血，难守盈亏线。
心雄如霓，运气不逮，红瘦绿肥重现。
发财梦，黄粱未熟，关灯吃面。

桂枝香·硕鼠

耳闻目睹。

看利欲熏心，又曝贪虎。

米币黄金满箧，贿来难拒。

蛾眉豪宅和珅妒，又何谈，为民清誉。

盛衣华表，内心窳败，穷奢无度。

竟从来，难思悔悟。

擅巧语文饰，边贪边赂。

法网高悬，终是宦途豪赌。

九州四海齐声讨，吁苍蝇老虎严处。

倩谁能挽，倚天长剑，灭红尘腐。

临江仙·读相册

菱花相册时翻看，
蛾眉春靥荣荣。
耳边犹啭柳莺声。
绿云双髻尾，顾盼月明生。

星鬓耄年多怀旧，
琴棋书画营营。
雁书何得慰心平。
疏篱月下萼，长结少年情。

念奴娇·惊梦

暮云沉碧。渐日光隐耀，深林阴冽。
四面幽幽魔影手，虬木鸱鸮悲切。
冷气横生，阴风簌簌，蛇蝎睛明灭。
紫光红雾，硕头妖魅喋血。

一路恐怖潜行，愀然钳口，头顶森森月。
欲掩身形无处，左右鬼哭肝肠裂。
东躲西藏，杳然路绝，魂断声声咽。
喑呜呼救，醒来长夜难彻。

雨霖铃·读史

蛩鸣声切。看星河烂，隐隐花月。
书窗漫步青史，联翩战乱，江河呜咽。
史画篇篇在目，叹殷亡秦竭。
惜亘古，蜗角交争，大地沉沉战云烈。

生灵遇燹频流血。更因由，剑戟雠仇结。
庶望马放南阜，世道却，政争难歇。
反覆风云，谁恤金瓯，庶民悲彻。
待掩卷，万里花妍，故国长欢悦。

卜算子·守土卫国

平地起风烟，
国破人愁绝。
妇孺仓皇逃边境，
泪眼声声咽。

勇士披战袍，
守土贞情烈。
众志成城迎战火，
不惜长流血。

念奴娇·又一天

门前绿绕，望一天曙彩，云流山杳。
江畔桥头丝柳处，的的笠翁垂钓。
朝听莺啼，夜闻虫响，彩蝶翔莎草。
翩鸥飞燕，往来江畔柳道。

花树月下吟怀，红楼豪宴，繁华皆虚渺。
学友携来诗酒暮，韵味堪堪幽妙。
濯锦烟生，南窗夜雨，枰战迎春晓。
一声歌笛，小舟轻荡兰棹。

临江仙·探春

天桃秾李春深浅，
芳菲九眼桥东。
探春人伴柳条风。
曲栏翻蝶影，白鹭掠晴空。

蕙草荃道疏林迥，
山花香荐春容。
低吟消尽晚霞红。
鱼游水草动，野旷翠微重。

风入松·尘襟

晓来花柳鸟啼烟。
桃杏倚春妍。
景风淑气催游兴，
棹绿波、情满山川。
沙鹭渚鸥翩眇，篓鱼盆蟹腾鲜。

潮来潮去乐由天。
横笛暮鸦喧。
垂纶忘却浮槎梦，
睨斜阳、西岭红残。
骚兴翻同江水，柏舟横压星澜。

洞仙歌·游巫山小三峡

轻舟短棹，摇一江清浅。
夹岸松萝隐重巘。
水悠悠，绿映葱岭臻臻。
树杳杳，红绽杜鹃菀菀。

船在云上走，旖旎风光，
罨画联翩入帘看。
壮思乘风去，心与鸥翩，
夕阳暮，山移水转。
骋远目，迤逦峡门望，
霞坠处，云帆碧空流远。

洞仙歌·静夜

风回曲径，看霓灯光烂。
凤尾猗猗月桥断。
鹭声清，星斗疏落花窗，
楮未展，鸿雁一声悠远。

悄立遐思永，玉漏叮叮，
零落涂鸦墨痕浅。
听邻家琴音，快抹轻揉，
流水韵，悠扬婉转。
便挥就，逸情满山川，
竟又是，梅英倚帘香暖。

风入松·岁月静好

砌梅犹自袅娉婷。

清婉听娇莺。

拂云凤尾相摩戛,

揽惠风,摇动青萍。

花柳乱翻黄蝶,息心轻抚瑶筝。

桐荫凉簟晚霞明。

寥窦笼空庭。

沉吟闲对芊芊柳,

忆韶年,心事潮生。

人似晴空明月,梦如流水无情。

扬州慢·赞湘西矮寨大桥

吉首西溪，风情矮寨，一桥天堑横生。
叹卿云缭绕，长虹影娉婷。
俯峡谷，盘山若带，车垂悬壁，险处堪惊。
渐黄昏，地泄灯火，星璨苗城。

交通湘蜀，喜而今，龙马川行。
贯包茂通衢，物流飞越，不与伤情。
赚得五洲惊叹，奇功伟，渊默雷声。
看江山雄丽，喇叭响过青冥。

念奴娇·银杏路

——川大校园一道亮丽的风景线

凌霄夭娇，润甘霖玉露，疏枝春夏。
朝揣云霞光影里，夕染落晖低亚。
妆点亭园，情牵风雨，摇曳平原野。
翛然尘境，履霜尤见风雅。

一袭秋色横空，如诗如幻，晔晔金光射。
蝶翅翩翩飞满眼，旋入香阶尘下。
光艳今生，魂追造化，生命成潇洒。
依依吟别，来年依旧如画。

汉宫春·家山情

晚晚收锄，倚圮墙唤鸭，心在云天。
红颜豪情，赢得半壁猪栏。
莘莘学子，各西东、耙地耘田。
误十载、青春蓝图，书山路杳空叹。

夕照炊烟宿鹭，望田郎稚女，牵手溪原。
秋风吹度茅屋，情恋家山。
亲亲老母，身带病、犹未康痊。
听渚雁，一声长唳，梦魂惊破婵娟。

一剪梅·棹锦江

春色无边棹锦江。
水涵桥影，歌接幽篁。
风翻衣袂鬓云飘，
携手相望，笑履斜阳。

花自娇妍曲岸旁。
荷径言别，纤手留香。
一腔情绪柳条风，
月隐高楼，露湿西窗。

忆旧游·情聚安仁^①

中文系七七级毕业四十周年聚会吟草 之一

慕兰亭雅集^②，南北怀思，情汇仁乡。
鬓发披霜雪，惜韶华驹隙，天道沧桑。
何须怅惘篱落，名节自馨香。
挺鹤骨松姿，壮心四海，心在遐方。

徜徉。许茶寿，万里任驰骋，未堕彷徨。
都非池中物，看男儿飙举，倩女流芳。
如今沈腰潘鬓，无愧到天荒。
聚一世风怀，相期执手情更长。

---

① 情聚安仁：2023年4月21日至23日，川大中文系七七级毕业
四十周年同学会在大邑县安仁镇安仁公馆举行。
② 兰亭雅集：晋穆帝永和九年（353）三月初三，时任会稽内史
的王羲之与友人谢安、孙绰等四十一人会聚兰亭，赋诗饮酒。

天仙子·携手

中文系七七级毕业四十周年聚会吟草 之二

丽日相逢携手处。
万事千般含睇诉。
子孙问罢问安平，
柳飘絮。花蕴露。
蝴蝶梦中鱼雁度。

窄轨电车花蝶舞。
水榭池边心念驻。
夕阳斜照杜鹃声，
风雨路。心相护。
与子同袍天也妒。

一剪梅·露台叙旧

中文系七七级毕业四十周年聚会吟草　之三

迤逦相逢公馆①旁。
玉阶留影，薇架飘香。
露台叙旧品茶汤，
情意悠悠，气运昌昌。

卅岁驰奔名利场。
文章鸿业，立德无疆。
荧屏②传出锦书郎，
妙语津津，欢笑洋洋。

---

① 公馆：本次聚会在成都大邑县安仁镇安仁公馆。
② 荧屏：国内外同学不能到会者，通过视频、文字参与聚会活动。

江城子·与会情浓

中文系七七级毕业四十周年聚会吟草　之四

苍颜鹤发喜相从。
意浓浓。语哝哝。
万里归来，驹隙卅年匆。
曾向中文攀凤藻，
修明德，阅书丛。

五洲文翰现屏中。
倩飞鸿。感言浓。
露馆鹤池，闲步月朦胧。
留恋今朝欢洽去，
奔四海，陌花红。

声声慢·岁月流芳

中文系七七级毕业四十周年聚会吟草　之五

柳花沾露，池荷馆冷，水榭时见天红。
林荫道上，牵手相诉情衷。
四海五洲来集，情深深、泪眼蒙眬。
凝眸处，鬓丝鹤发，岁月匆匆。

三盏两杯美酒，往怀忍回看，窈窕玲珑。
流芳岁月，不负凤藻争雄。
惯得景阳尺锦①，竟文章、笔与淹②通。
欢情别，念何岁迤逦再相逢。

---

① 景阳尺锦：西晋文学家张协，字景阳。《南史·江淹传》
载：江淹梦见一自称张协的男子，向他索还早年寄存的一匹锦。
江淹还锦后才情减退，时人谓之才尽。
② 淹：江淹，南朝文学家。代表作《恨赋》《别赋》。

过秦楼·游冶美村南岸

中文系七七级毕业四十周年聚会吟草　之六

棠棣敷荣，芳栏茗榭，声啭鹩鸰清婉。
嘻嘻妪媪，倜傥衰翁，游冶美村南岸[①]。
轻履鹤发童颜，不逊当年，黉门池馆。
忆绮怀梦笔，锦江文采，细民风转。

毕离后，地北天南，何人雌伏，各领风骚华苑。
飞鸿雪爪，情绾青山，黄石夏宫[②]游遍。
怀璧斑然誉归，言笑谆谆，飞觞雅燕。
冀骊歌休唱，愁见风流云散。

---

① 美村南岸：成都市大邑县安仁镇外一处景观，距安仁镇核心
区约3公里。
② 黄石夏宫：美国的黄石公园和俄罗斯圣彼得堡的夏宫。

拜星月慢·逍遥一杯茶

径卉翻新，风云断雁，白发催新日暮。
绚烂年华，背我堂堂去。
阆山迥，锦字迢迢暗断，静夜愁听檐雨。
满屉云笺，自轻轻茕抚。

一鱼竿，直钓清江渚。
一杯茶，漫话桃源渡。
辞别往日情怀，坐看花飞去。
且凭栏，弄笔渔舟浒。
临荷榭，细看红衣舞。
待向老、撷梦婵娟，共西窗夜语。

拜星月慢·汶川道上

驿路迢迢，山高路蹇，雨雪尘途骤断。
夜幕东来，问宿荒郊栈。
眙窗外，逆旅行人落落，暗黑无边流满。
旅舍潇潇，觉盲人渊畔。

想明朝、怕更风云乱。
盼窗灯、宛若明星烂。
回首向日和风，喜人歌莺燕。
路迢遥，夜半连心叹。
羁人愿，雨霁阴晴转。
便倚枕、一路康庄，得东风扑面。

定风波长调·赋白头

忆流年，倥偬平生，霜欺倜傥器貌。
发黑肤红，匆匆一瞬，鹤骨苍颜槁。
苦迢遥，恨休道。
碌碌千般事难料。
求好。看云乱雨骤，空余愁抱。

斗星煜耀。叹曾经，炼铁人年少。
盼钟声休课，枵肠馁腹，糠菜难求饱。
竞疯狂，戴红套。
畴昔回眸已作老。
堪恼。半生书卷，冰丝头绕。

永遇乐·礼赞巾帼同窗

云鬓飘柔，猗猗风柳，照影池畔。
巧笑莺簧，绡衫雅步，流盼芙蓉面。
蔷薇架下，惊鸿一瞥，魂动子衿歆羡。
想当年，蓬山月殿[①]，青鸟可曾探看。

青娥素女，咏絮才赋，藻荟锦江文焕。
肝胆文君，壮怀秋瑾，巾帼须眉叹。
桦林秋晚，冰峰瘗玉，风月情怀同奠。
问何人，楼隅搔首，爱而不见。

---

① 蓬山月殿：蓬山，相传为仙人居处。月殿，嫦娥居处，借指
女生住处。

一萼红·桃李春

问苍天。有几多憧憬，奋斗梦能圆。
骥堕奔蹄，鹏摧云翮，难忘风雨韶年。
种梦想、喜逢春帝，迎改革、桃李遍花妍。
剑气箫心，鬅鬃①奋鬣，马踏平川。

负笈求真格物②，愿朝朝故国，河晏人安。
文倩囊萤，诗盈腹笥，书山学海流连。
慕同窗、文摛凤藻，奋翰墨、黉夜苦追攀。
一枕梦华晴好，朗月星天。

---

① 鬅鬃：形容猛兽奋发或狂怒的样子。
② 格物：深入研究事物的道理。

玉漏迟·胜利女神谁眷

连宵奔袭，看漫天，频爆战机飞弹。
铁甲连云，虎士貔貅狞面。
觊觎邻家宅地，欲攫取，巧言流转。
图毕现。挥戈东向，兵戎相见。

硝烟吞噬蓝天，城毁国民哀，挺身而战。
履带猖狂，碾碎和平心愿。
众志保家卫国，斗强虏，世人声援。
流血遍。胜利女神谁眷？

渔家傲·缘分

梅花风姿身窈窕。
荷塘并蒂柳荫晓。
相识皆因缘分好。
前路渺。
款曲岂敢笺中表。

淡扫蛾眉花月俏。
分离难忘回眸笑。
华屋书窗星鬓老。
音讯杳。
何时雁字来相告。

千秋岁·惜花

萼萌花树。偏遇潇潇雨。
风呼啸，南园圃。
叶从枝上坠，花逐天风舞。
天降祟，乱云沉碧群芳苦。

隐隐江城暮。沥沥春阴路。
繁华损，莺啼住。
溪桥红雨满，烟柳春光误。
人不见，一天蜂蝶何方去。

渔家傲·情怀

草色初萌芙蓉道。
春花烂漫红裙笑。
梦里常闻鸿雁叫。
芸窗晓。
芳林婉啭黄鹂鸟。

日日思量闲作恼。
浮生岂得长年少。
风月情怀人未老。
开口笑。
笙簧舞步歌声绕。

汉宫春·秋思

1982年春毕业留校，家和孩子还在广汉农村。

草木临秋，渐霜铺香径，叶落蓬轩。
凉风吹度云月，孤枕难眠。
鸳鸯两地，盼窗外、一片清寒。
夜幕下，街灯昏暗，路人踽踽行前。

窃叹人生梦幻，竟寒来暑往，穷达难欢。
曾经阡陌苦雨，艳羡飞鸢。
如今云路，闺中人，相隔塍田。
唯冀愿，二元一统，不分城镇乡关。

烛影摇红·校园随吟

杏叶无声，随风飘落荷塘径。
夕阳又照理科楼，花灿窗明净。
漫步梧桐露井。
转钟亭、一肩霜冷。
雪松树下，阅报栏前，人头不定。

回望人生，书山墨海翛然境。
卅年花月未迷离，两袖清风影。
教学殿堂安静。
看绿茵，红蓝争竞。
钟声悠婉，桃李盈园，程门光景。

御街行·追怀

情丝触处寒窗暖。

微信发，荧屏看。

流年轻染鬓云星，难掩形容①光烂。

春花含露，柳湖迎月，还是当年愿。

衣冠不振如云乱。

案前墨，心头燕。

蛮笺摛彩写纯真，难抒陈王②情款。

蛮音卧听，芙蓉衾冷，香梦花开遍。

---

① 形容：指人的容貌神色。

② 陈王：即曹植。曹植封地陈郡，称为陈王。去世后谥号
"思"，故又称陈思王。其作《洛神赋》，有感于人神殊途，抒
发了无限的怅惘。

解佩令·去年今日

上证指数从2021年12月13日3418.95起，连年下跌，至2024年2月2日，一度跌到2666.33点，收于2730.15点，多数股票价格腰斩。

去年今日，情深股市。
恨指数、偏不争气。
记得当时，保卫战、三千还是。
叹而今、跌无涯涘。

繁华已逝，人声渐渺，
独心坚、回升能冀。
一览周遭，创新高、扶摇直指。
眙金瓯、绿潮又起。

摸鱼儿·欲邀娥兔归田赋

念姮娥、桂宫蟾兔，青天碧海孤渡。
阆轩独抚声空寂，夜夜茕吟阶露。
花沐雨。叹窈窕、欲邀娥兔归田赋。
姮娥笑语。
喜广宇逍遥，光明清净，快乐我心腑。

看尘世，清浊贤愚多误。
莺簧锁钥何处。
阿谀人逐权钱利，公道民生情楚。
余笑语。抓经济、重寻法治公平路。
人间帮互。
便胜却蟾宫，幽窗孑影，天地两辜负。

摸鱼儿·迎春花

1978年1月，余收到高考录取通知书。心存担忧，一时未敢示人。

现而今、通知拎手，全家笑靥樽酒。
卅年夙愿今堪得，翻恐佳音风漏。
人性陋。想垄亩、校园夙夜人消瘦。
表彰尺厚。
竟羁系田畴，庸庸碌碌，落寞苦甘受。

屯邅路，心理阴霾埋久。
年年风雨生就。
黉门喜事藏心里，夜黑担心猪狗。
求佛佑。怕春梦、醒来转瞬成乌有。
佳音自守。
待粮谷输仓，转非农户，才始告朋友。

过秦楼·望星空

浩渺清空，群星璀璨，阆苑仙葩神眷。
姮娥玉兔，织女牵牛，银汉鹊桥轮奂。
天道运行无私，显晦交行，春荣秋灿。
有光明美善，朗朗乾德，化机无限。

仰青冥，忍顾红尘，朱门蓬舍，进退穷通多舛。
鸡鸣朗月，犬吠骄阳，开钥锁门谁怨。
心冀人生福安，兀兀穷年，转头生变。
眙星辰广宇，无虑无忧人羡。

琐窗寒·荷塘情思

翠盖摇波，红蕖映日，藕香凝露。
亭亭水榭，嬉笑青衿髫女。
听娇莺、婉转金柳，似伊歌唱银铃语。
有佳人漫步，婴儿怀抱，驻车亲抚。

凝注。牙牙语。
忆豆蔻年华，泮官学侣。
风飘云鬓，恍见逍遥闲步。
想当年、金顶观云，书馆占座皆相护。
现而今、恰似当前，或已为人母。

一萼红·邻家姑娘

俏姑娘，欲与何人约，频换绢花裳。
临镜梳妆，幽香盈屋，心意究向何方。
柳眉蹙、远山横黛，许未遇、才彦梦中郎。
轻撚瑶筝，弦声如诉，幽怨情长。

流水高山弹尽，向何人倾诉，悄递香囊。
豆蔻情怀，花妍水暖，宛转辜负春光。
燕双飞、芳心曾妒，梧桐夜、忍泪独临窗。
明月清风梦里，谁暖心房。

离亭燕·炒股

2024年2月5日上证股指反弹，到6月25日，收于2950.93点。

朝晚时时守候。
天天绿肥红瘦。
潮落时分期潮起，运数与人偏逗。
股市看机缘，输赢只凭天佑。

低价分红高厚。
全是嗜金魔兽。
指数屏前无优劣，昨是今非难就。
炒股甚筹谋，赢了不逃成韭。

卜算子·纯真少年

少年人纯真，
心有千千愿。
落入农乡耽垄亩，
夙志青霄远。

每日挣工分，
岁晚红苕饭。
开考连翩答题卷，
命运随风转。

一丛花令·醉重阳

风轻云淡菊花香。
佳节又重阳。
三樽美酒人扶醉,
恰夜半,书帙芸窗。
人影朦胧,凉风拂面,
花笼月昏黄。

玉阶柳榭满蟾光。
蛙鼓敲荷塘。
日高慵起庭阴绿,
倩谁问,身在何方。
白发萧骚,日长情短,
倚户望斜阳。

定风波长调·耄耋年喜会小学玩伴

鬓星银发晚相逢，华颠一笑俊朗。
顾盼明眸，开颜莞尔，半是元模样。
说生平，诉成长。事业追攀志高亢。
心爽。忆童少侠义，朋游欢畅。

跳棋小样。逛花灯，点爆烟花仗。
垒高炉、星月攀崖运炭，情怯高声唱。
道中分，业悲壮。升学回乡各闯荡。
堪赏。六旬桑海、迎春花放。

渔家傲·纸鸢

纸鸢乘风翔云汉，
风光占尽倾情炫。
吊影欲将红日挽。
踌躇满。
得意扬扬心高远。

拼命攀爬风线断。
坠亡泥塘闻声叹。
花自妖妍风自暖。
何所羡。
一身瘦骨无人看。

一丛花令·竹林幽思

竹林风静蝶翔天。
花绽满东园。
琼阶伫久听莺啭，
望日彩，飘落楼栏。
缥缈云影，北征孤雁，
长唳渡前川。

幽思何故又年年。
竟日伴书田。
离人音杳留难住，
但留得、一屉蛮笺。
薄寒气候，阴晴不定，
微雨湿衣冠。

蓦山溪·天山南路行

凉风拂面，旖旎山南路。
积雪昱青霄，朗日下，淡飘岚雾。
花开沟壑，绿映满山松，
车疾驰，岭横斜，一路闻风语。

养蜂人健，蜂恋花飞舞。
藏帐似芙蕖，星星点、天鹅翔处。
河流曲绕，芳甸跑牛羊，
夕照下，格桑花，开遍晴澜浒。

一萼红·九月的歌

2024年9月，川大迎新会彩旗飘扬，歌声响亮，想小孙游智扬也在电子科技大学格拉斯哥海南学院迎新会上，感而赋。

喇叭喧。看莘莘学子，笑靥入场欢。
结彩张灯，洋洋喜气，猎猎旗锦翩翩。
老校长、激情演讲，学子们、心志薄云天。
眼见欣欣，顾叹自己，流逝华年。

曩昔也曾豪迈，挟雄心壮志，欲展蓝天。
津渡冰封，前途雨雪，花田频遇祁寒。
喜儿孙、阳光明媚，嘉年华、蓓蕾绽新妍。
伫望白云飘去，一笑悠然。

六幺令·岁月流波

云飞朗月，别是在乡国。
芙蕖横塘黄绽，枫露染颜色。
岁月匆匆日促，欲进劳心力。
岂忧家绌。
不求名显，求望眼前健康得。

莫笑青丝斑白，但笑浮名客。
官道迎送流连，迤逦韶华失。
园圃春光绚烂，零落谁人识。
流光须惜。
秋花吐艳，生命哪堪暮年掷。

渔家傲·骑手

中宵送餐依车睡。
琼浆虹影流连醉。
四载春秋花绽蕊。
新一岁。
街头驰奔连翩累。

不信年年饶梦伟。
骑行换了青春泪。
江畔凝望流星坠。
家未馈。
流年易逝心儿碎。

石州慢·刀郎演唱会

沙漠胡杨，西域雁归，高妙声线。
山歌响起寥哉，一拨吉他倾炫。
沧桑旋律，穿越草甸湖川，余音绕岭天涯转。
光彩耀穹窿，共欢涛声畔。

灯灿。热情燃遍，
光照舞台，人潮浪卷。
战友楼兰，暖我心中莺燕。
花妖镜听，唱尽人世情缘，灵魂沉醉凌霄汉。
心与徵商流，梦随歌飞远。

一萼红·江畔徜徉

锦江边。正春波潋滟，霁雨湿花妍。
草染平芜，花红亭阁，柳径悄换新颜。
望眼处、青山如黛，听幽篁、时响笛琶弦。
梅蕊临波，江帆照水，鸥鹭翔天。

北雁一声悠远，看流云来去，水碧天宽。
河畔徜徉，竹林炫舞，吟诗楼上凭栏。
越桃蹊、篁门隐隐，榉柳下、归宅竹篱轩。
照眼荷裳凤尾，绿映家园。

念奴娇·股市休市的日子

屏无红绿，系情科技股，随处牵挂。
岁晚团年仍断想，股票或飙高价。
网页频搜，琳琅利好，冀望连翻下。
精研财报，细心甄别虚假。

半世沽买人生，赢堪快活，亏了无须怕。
赢少亏多心态好，善自疗伤潇洒。
无股心慌，满仓幻想，暴富成神话。
心期牛市，梦中红绽如画。

桂枝香·新春感怀

烟花璀璨。正喜度新春，美酒佳馔。
千里俄乌激斗，火光弥漫。
炮声震彻城楼碎，好男儿，血染家院。
霓虹觞影，硝烟坦克，两般凉暖。

逛灯会、灯光缭乱。
叹壕垒争夺，死生难断。
牵念和平迢递，庶民多蹇。
春风拂过江城柳，似闻婴啼妇孺唤。
休飞弹雨，要看礼花，夜空开遍。

后记

我站在锦江畔，仰望天空

    每个人心中都有一个诗人梦。我的梦，就在这本《竹林清歌》里。本诗词集收诗185题254首，词160题173首，反映了半个多世纪以来诗意的人生和感受。

    人生苦短，而诗是人生中最好的伴侣。生活里不能没有诗。如果生活中没有诗，我就把生活写成诗。

—

    经历过20世纪枵腹读书的年代，经历过雷霆争斗的风雨十年，迎来了改革开放、长城内外阳光灿烂的美好时光……兀自感叹，人生就是一场命运不可捉摸的艰难跋涉。

    为了那不能忘却的逝水流年，为了那绿了芭蕉、红了樱桃艰难前行的岁月，也为了那一声春雷绽放中百花齐放的诗情，我写下了这些点点滴滴——或明亮，或斑驳，或奋进，或迷茫……它们是我灵魂深处遥远而鲜活生命的悸动和回放，犹如浪花退去后从海滩拾起的一粒粒贝壳，闪着光，带着泥土的气息。

二

1965年7月，随着高考意外落榜的一声叹息，我的玫瑰色大学梦破灭了——因为那个特殊年代的特殊政策。

为自证红心一颗，余放弃了达县专区劳动局分配的工作，自愿下乡务农，向天向地表白自己的纯洁和忠诚。

然而，慷慨的付出，换来的却是一入农乡深似海，进城、上大学……成了那遥远天边不可企及的星辰。

十年垄亩力耕，在面朝黄土背朝天的日日夜夜，余努力着，负轭前行，度过了人生中最最美丽、最最宝贵的青春。

有时，余会停下手中的锄，站在广袤无垠的田畴上仰望天空，梦想有一天，理想的光辉突然降临，迎接我走进闪光的未来。

余失望了，一年又一年。然而，余依然固执地期待着，努力着……

直到冰雪消融，春风送暖，童年的理想之门重新打开。余和千千万万历经坎坷的青年学子一起，带着稻谷的芬芳，从田间小路走进了书香弥漫的大学校园。

令人庆幸的是在人生坐标的时间轴上彷徨失望时，多坚持一会儿，命运之神就会光顾那些崎岖道路上伤痕累累的灵魂。

1978年初春的一个早晨，是我负笈上学的日子。阳光灿烂，鸟语花香。余离开了那片养育我十年的贫瘠的土地，临别之际，余站在开始颓败的知青屋前，唯一不舍的是余留下的青春足迹，以及那些在风雨如晦的日子里给过我温暖的乡亲们。

此后，春风得意马蹄疾，一路求真问学，勉力前行，伴随着共和国改革开放的步伐。

三

生活是诗。一花开，一鸟啼，都是生命的律动，诗意的绽放。不论是富裕还是贫穷，不论是甜蜜还是苦难，在诗人的眼里，都是诗意的存在。

从少年青葱岁月时荡起双桨，到阳光下广袤田野阡陌纵横，从夜色如墨摇曳灯光的知青屋，到繁花似锦欢声笑语的校园，梦幻一般，命运的转变，好似那希望的驼铃，从黄沙漫漫的荒漠摇向开满鲜花的绿洲。

忘不了，二月里那些绿油油赖以充饥的苕田，那些红五月麦浪中挥舞的镰刀和流淌的汗水……

忘不了，那些鸿儒言传身教的三尺讲坛，那些花香四溢的荷径上捧书细读的踽踽身影……

还有那书山，那墨海，那些厚重历史文化中熠熠闪光的典藏和善本……

它们无时无刻不在感动着我的神经，它们是我心灵深处待开采的矿藏，一旦放进诗情画意的熔炉里，就会蝶变成情感流淌的词章。

为此，我把走过的路、蹚过的河，以及脚下的那些风风雨雨、道的泥泞、人的爱怜，化成了情感依依的诗行。

"嘉会寄诗以亲，离群托诗以怨。至于楚臣去境，汉妾辞宫。或骨横朔野，魂逐飞蓬。或负戈外戍，杀气雄边。……凡斯种种……非陈诗何以展其义？非长歌何以骋其情？"①

---

① ［南朝·梁］钟嵘《诗品·序》。

于是，我写下了，蜂飞蝶舞的溪边层层铺展的菜花；写下了，沟塍纵横间翻金涌浪的田野……

也写下了，人生道路上的坎坷、崎岖、思索，以及日思夜想追寻的梦……

一字字，都是从灵魂深处广袤无垠的土地上绽放的带露的情思！

一行行，都是风雨历程蹒跚前行路上回望那渐渐远去的寥落的风灯！

生活，因付出太多而艰辛，也因付出太多而富足。

四

诗是一个人思想情感纵横驰骋的乐园，也是一个人喜怒哀乐任意挥洒的天空。

当思想凝结为优美的旋律，当文字浸透着情感的乳汁，呈现出来的——便是诗。

"怀人见月而思，月岂必主远怀？久客听雨而悲，雨岂必有愁况？"①

于是，我的诗句中，便有了染上我喜怒哀乐情感的天边明月，以及带着惆怅落寞情绪的潇潇暮雨。或景为情变，情因景生；或触景生情，因情抒景。

---

① ［清］章学诚《文史通义·文理篇》。

清代王夫之说过：好的景，一定是情中景；好的情，一定是景中情。而神于诗者，情景实不相离，水乳交融，妙合无垠。

这是余一辈子心驰神往追求的境界。

"登山则情满于山，观海则意溢于海。"①

本诗词集就是在这勃然而兴的情感驱使下，将万般思绪锻成了有韵律的诗行。

诗，书写着我人生渐渐远去的青春背影，描绘着我蹒跚前行的脚步；诗，也向艰难求索的命运、迷离坎坷的人生，展示出一片光明的憧憬。

它们，让生命的过往变得富有诗意，让诗意变成一串串记忆的珍珠。

诗在，人的精神就在。

诗，就是余一颗不安的灵魂的归宿。

五

人生天地间，不过一瞬；太过渺小，太过平凡。

当人的思想翱翔于天地万物之间，见识和体味到这个花花世界一切美好和丑陋的东西时，当喜怒

①〔南朝·梁〕刘勰《文心雕龙·神思》。

哀乐的情感，与自然万物的荣枯盛衰相触碰，迸发出电光石火般的灵感时，唯一应做的，就是"振笔直遂，以追其所见"①。发而为诗，以尽人情之所之。

诗，或许可以超越平庸！诗，也可以比生命更远大！

笔墨春秋，余体悟到：诗人的情感，当以"天下之忧"为忧，以"天下之乐"为乐，只有抛开个人的进退得失，才能写出表现丰富社会内容的诗篇。

"心悬天上，忧满人间。"②这是诗人应有的担当，也是余努力的方向！

而今，本诗词集已经付梓，它犹如广袤田野开出的一朵小花，静静地站在和煦的春风中，等待那些在生活中艰难跋涉的诗友，像我一样抒发出烂漫的诗情，成为它引以为荣的伴侣。

2024年9月20日于川大竹林村

---

① ［北宋］苏轼《文与可画筼筜谷偃竹记》。
② ［清］王夫之《古诗评选》（卷五）。